Der Fremde war am vergangenen Abend ins Dorf gekommen und eigentlich sah er gar nicht so aus, wie sich Tibor einen Ritter vorgestellt hatte. Er ritt zwar ein prachtvolles Schlachtross, dessen weiße Satteldecke voller Goldstickereien und Borten war, und sein Schild und Helm hat ten in der Abendsonne geglänzt wie poliertes Silber. Aber für einen Ritter schien er ihm noch recht jung zu sein und die Art, wie er im Sattel gesessen hatte, war wohl mehr müde als stolz, und bei näherer Betrachtung hatte sich das Material seiner Rüstung eher als zerschrammtes Eisen denn als Edelmetall herausgestellt. Seine Hände hatten vor Erschöpfung gezittert, als er vor dem Haus des Dorfschulzen aus dem Sattel gestiegen und um ein Nachtlager gebeten hatte. Tibor hatte nicht verstanden, was er gesagt hatte, denn die weiß gekleidete Gestalt war rasch von einer dichten Menschenmenge umringt gewesen, die ihn nicht durchließ. Aber seine Stimme hatte, wenn auch fest, so doch sehr leise geklungen. Er hatte nicht gefordert, wie es einem Ritter zukam, sein Auftreten war das eines Bittenden gewesen und Tibor war sich ziemlich sicher, dass er ohne ein Wort des Protestes wieder in den Sattel gestiegen und weitergeritten wäre, hätte der Schulze seine Bitte abschlägig beantwortet. Er konnte es drehen und wenden, wie er wollte – Wolff von Rabenfels war ganz und gar nicht das, was sich Tibor unter einem Ritter vorgestellt hatte.

Was Tibor nicht daran hinderte, ihn geradezu grenzenlos zu bewundern. Solange er denken konnte, hatte er Ritter bewundert, und solange er sich erinnern konnte, war es sein größter Wunsch gewesen, selbst eines Tages auf einem prachtvoll geschmückten Pferd zu sitzen, ein Schwert am Gürtel und das Wappen seines Herrn auf Schild und Brünne.

Aber es war eben nur ein Wunsch und mit jedem Jahr, das ins Land ging, war Tibor klarer geworden, dass es das wohl auch immer bleiben würde. Statt ein Ritter in einer glänzenden Rüstung zu sein, würde er wohl den Rest seines Lebens damit zubringen, Kisten und Ballen auf und von Ochsenkarren zu laden, sich Farbe ins Gesicht zu schmieren und sich vor einer grölenden Meute zum Narren zu machen, um den Lohn einer warmen Mahlzeit und eines Nachtlagers. Gar manches Mal schon war er mit Schimpf und Schande aus einem Dorf gejagt worden und statt Münzen und eines warmen Mahles hatte es Steine und faules Obst geregnet. Nein, ein Ritter würde er niemals werden. Nicht einmal ein

Knappe. Aber davon träumen durfte er und er tat es gerne und oft.

»Heda, Tibor!«

Wirbes Stimme drang schrill und unangenehm in seine Gedanken und ließ die Vorstellung von einem weißen Pferd und einer silbernen Rüstung zerplatzen wie eine Seifenblase.

»Steh nicht rum und halte Maulaffen feil, Bursche!«, polterte Wirbe. »In einer Stunde fängt die Vorstellung an und der Wagen entlädt sich nicht von allein. Wenn du heute Abend Suppe in deiner Schüssel haben willst, dann beeil dich gefälligst.« Er spie aus, bedachte Tibor mit einem strafenden Blick und humpelte davon, nicht ohne ihm im Vorübergehen noch einen gehörigen Knuff in die Rippen zu versetzen.

So viel zum Thema Träume, dachte Tibor missmutig, während er den schweren Ballen mit der Zeltbahn vom Wagen hob und damit zu dem erst halb aufgebauten Podest auf der anderen Seite des Angers hinüberwankte. Aber er wollte sich nicht beschweren: Wirbe war ein strenger Mann, aber trotzdem gut zu ihm. Er schlug ihn zwar, wenn er nicht gleich gehorchte, aber er bekam genug zu essen, was schon mehr war, als so manch anderer Waisenknabe seines Alters von sich behaupten konnte. Und das Leben bei Wirbe und seiner Truppe gefiel ihm.

Keuchend setzte er seine Last ab, blieb einen Moment stehen, um zu verschnaufen, und ging dann schnell zum Wagen zurück, um weiterzuarbeiten. Wirbe sollte ihn nicht schon wieder beim Nichtstun überraschen – was zweifelsohne zu einer gehörigen Tracht Prügel oder zumindest einem ausgefallenen Abendessen geführt hätte. Und Wirbe hatte ja schließlich Recht: Sie waren am Mittag des vergangenen Tages angekommen und die Bühne und das Zelt waren noch nicht aufgebaut; sie mussten sich sputen, wenn sie pünktlich zur Mittagsvorstellung fertig werden wollten.

Sein Blick tastete über den Rand des

Waldes, der das Dorf an drei Seiten wie eine natürlich gewachsene Wehrmauer umschloss. Es war nicht einmal Mittag, aber aus irgendeinem Grunde wurde es dort drüben nicht richtig hell und die Schatten zwischen den Bäumen waren so schwarz wie mit dunkler Tusche gemalt. Ein leichter grauer Nebel schwebte wie Altweibersommer über dem Boden. Der Wind brachte einen ersten eisigen Gruß des bevorstehenden Winters mit sich und der Anblick erinnerte Tibor daran, dass an den Tagen zuvor schon Raureif im Gras geglitzert hatte, als die Sonne aufging. Ein paar Mal war er auch vor Kälte mitten in der Nacht aufgewacht. Es würde nicht mehr lange dauern und statt des Nebels würde Schnee zwischen den Bäumen liegen.

Tibor fröstelte, als der Wind plötzlich auffrischte und unangenehm durch seine dünnen Kleider biss. Die Böen brachen sich wimmernd und heulend an den Dächern der Hand voll Häuser, aus denen der kleine Ort bestand, und irgendetwas war in diesem Geräusch, das Tibor erschaudern ließ. Es klang auf schwer in Worte zu fassende Weise ... unheimlich: mehr wie das Heulen irgendeines Tieres als das des Windes.

Tibor schob den Gedanken von sich, zog fröstelnd die Schultern zusammen und beeilte sich, den Wagen weiter zu entladen. Wirbe war kein sehr geduldiger Herr.

Als er das dritte Mal über den Anger schlurfte, trat ihm eine Gestalt in den Weg, hob die Hand und sagte: »Warte einen Moment, Junge.«

Tibor blieb stehen, wankte einen Moment unter der schweren Last der Zeltbahn und setzte dann den Ballen hastig ab, ehe er die Balance verlieren und in den Schmutz fallen konnte.

»Du gehörst doch zu den Gauklern, oder?«, fragte der Mann.

Das war eine ziemlich dumme Frage, fand Tibor. Die Mitglieder von Wirbes Truppe waren die einzigen Fremden, die seit Monaten hergekommen waren, und von den Dörflern würde wohl keiner seine Zeit damit totschlagen, die Wagen der Gauklertruppe zu entladen. Außerdem hatte ihn der Fremde erschreckt und er hätte um ein Haar die saubere Zeltplane in den Schlamm fallen lassen, was ihm jede Menge Ärger eingebracht hätte. Tibor runzelte verärgert die Stirn, beschattete die Augen mit der Hand und blinzelte zum Gesicht des Fremden hoch.

Aber die scharfe Antwort, die ihm auf der Zunge lag, blieb ihm im wahrsten Sinne des Wortes im Halse stecken, als er das Gesicht des Mannes sah. Er stand mit dem Rücken zur Sonne vor ihm und war im ersten Moment nur als schwarze Silhouette zu sehen. Aber dann senkte er den Kopf und Tibor erkannte ihn.

Es war Wolff von Rabenfels, der junge Ritter, der am vergangenen Abend angekommen war, nur wenige Stunden nach ihnen.

»Was ist los, Junge?«, fragte er, als Tibor

keine Anstalten machte zu antworten, sondern ihn nur mit offenem Mund anstarrte. »Hat es dir die Sprache verschlagen oder sprichst du nicht mit einem armen Ritter wie mir?« Seine Stimme klang ungeduldig und streng, aber in seinen Augen blitzte ein spöttischer Funke.

»Doch, Herr«, stammelte Tibor hastig. »Ich war nur ... nur überrascht, das war alles. Ich habe Euch nicht gleich erkannt. Verzeiht!«

Der Ritter winkte ab, und obwohl er dabei lächelte, wirkte er mit einem Male ungeduldig und ein kleines bisschen verärgert. Er sah müde aus, fand Tibor. Und in seinen Augen war ein sonderbarer Ausdruck, den er kannte, aber nicht sofort einordnen konnte. Dann fiel es ihm ein: Im letzten Sommer hatte er einmal einen kleinen Hund aufgenommen, der von seinem früheren Herrn geschlagen worden und vollkommen verängstigt war. Nach und nach hatte er sein Vertrauen gewonnen, aber etwas von der alten Furcht war stets geblieben. Und es war genau dieser Blick, den er in den Augen des jungen Ritters zu lesen glaubte.

Tibor schob die Vorstellung beinahe erschrocken von sich. Unsinn, dachte er. Er ist ein Ritter. Müde zwar, aber trotzdem ein Ritter. Und Ritter kannten keine Angst.

Er spürte plötzlich, dass er Wolff schon wieder anstarrte, lächelte verlegen und fragte: »Was kann ich für Euch tun, Herr?«

»Ihr seid noch nicht lange in diesem Dorf. Seit gestern, nicht wahr?«

Tibor nickte hastig. »Wir sind kurz vor Euch angekommen.«

»Und wo wart ihr vorher?«, wollte Wolff wissen.

Tibor zuckte mit den Achseln. »Mal hier, mal dort«, antwortete er ausweichend. »Wir ziehen durch das ganze Land, aber eigentlich ohne ein festes Ziel.«

»Ihr kommt von Süden«, stellte Wolff fest, obwohl Tibor dies mit keinem Wort gesagt hatte.

Überrascht nickte er. »Ja. Wir sind den Rhein hinaufgezogen. Wirbe will nach Köln, um dort zu überwintern. Doch woher wisst Ihr das, Herr?«

Wolff lächelte flüchtig, wurde sofort wieder ernst und deutete auf die grau gefleckte Stute, die vor Wirbes Wagen stand und an den kümmerlichen Grashalmen zupfte, die in Büscheln auf dem zertretenen Anger wuchsen. »Pferde wie dieses werden nur im Süden gezüchtet«, antwortete er. »Und das Tier ist noch nicht sehr alt. Kein Jahr.« Ein flüchtiges Stirnrunzeln zog seine Brauen zusammen und er fügte, etwas leiser und mit veränderter Stimme, hinzu: »Eigentlich ist es viel zu jung, um allein einen solch schweren Wagen zu ziehen. Und zu edel.«

Tibor blickte den dunkelhaarigen Ritter mit noch mehr Respekt an. Wirbe hatte das Tier tatsächlich weiter unten im Süden erworben – genauer gesagt hatte er es einem Tölpel, der es nicht besser verdiente, als übers Ohr gehauen zu werden, für ein Butterbrot abgeluchst und Tibor hatte ihn selbst einmal zu seiner Frau sagen hören, dass ein Tier wie diese Stute eher dazu geboren sei, einen stolzen Ritter zu tragen, statt einen Karren zu zerren.

»Ihr habt … ein scharfes Auge, Herr«, sagte er stockend.

Wolff lächelte geschmeichelt. »Das braucht man auch, wenn man ein Leben wie ich führt«, sagte er geheimnisvoll, wechselte aber sofort das Thema und deutete über die Strohdächer des Dorfes nach Süden. »Ich bin mit Freunden verabredet«, fuhr er fort. »Aber es scheint, als hätten wir uns verfehlt. Jemandem wie euch, die ihr viel herumkommt, müssten sie aufgefallen sein. Sie sind zu viert oder fünft und tragen dasselbe Wappen wie ich.« Er deutete mit der Linken auf den schwarzen Raben, der kunstvoll unter der linken Schulter in sein Hemd gestickt war, und blickte Tibor scharf an. »Hast du Männer mit diesem oder einem ähnlichen Wappen gesehen?«

Tibor antwortete nicht gleich. Er war sicher, ein solches Wappen nicht gesehen zu haben. Es wäre ihm aufgefallen, denn nichts, was auch nur entfernt mit Kriegern und Rittern zu tun hatte, entging seiner Aufmerksamkeit. Trotzdem dachte er einen Augenblick angestrengt nach, schüttelte dann den Kopf und sagte bedauernd: »Nein, Herr. Bestimmt nicht.«

»Schade«, seufzte Wolff. Aber seltsamerweise wirkte er eher erleichtert als enttäuscht.

»Ich kann Wirbe oder einen der anderen fragen, Herr«, sagte Tibor hastig. »Vielleicht haben sie in den Wirtshäusern etwas gesehen oder von Euren Freunden gehört.«

Wolff dachte einen Moment über diesen Vorschlag nach, schüttelte aber dann den Kopf. »Danke«, sagte er. »Das ist ...«

»Heda, heda, was soll das?«, unterbrach ihn eine polternde Stimme. Wolff brach erstaunt ab und wandte den Blick von Tibor ab. Und auch Tibor, der diese Stimme und den zornigen Ton darin nur zu genau kannte, drehte sich hastig um und schluckte ärgerlich, als er Wirbe mit hochrotem Kopf und gesenkten Schultern wie einen zornigen Bullen über den Anger heranstürmen sah. »Habe ich dir nicht gesagt, du sollst den Wagen entladen, du nichtsnutziger Faulpelz?«, schrie er. »Von Herumstehen und Tratschen wie die Weiber war nicht die Rede. Warte, ich werde dich lehren, deine Zeit zu vertrödeln!« Drohend hob er den Arm und machte Anstalten, Tibor eine saftige Maulschelle zu verpassen.

Aber er führte den Schlag nicht zu Ende, denn Wolff trat mit einer schnellen Bewegung zwischen Tibor und den Gauklerpatriarchen und fing seine Hand ab. Nicht gerade sehr sanft, wie Tibor mit einer Mischung aus Schadenfreude und Schrecken registrierte.

»Verzeiht, Herr«, sagte Wolff in einem freundlichen, jedoch bestimmten Tonfall. »Aber der Junge kann nichts dafür. Ich habe ihn angesprochen und er hat nur geantwortet.«

»Was fällt Euch ein, Euch einzu...«, begann Wirbe zornig, brach aber dann mitten im Wort ab und duckte sich wie ein geprügelter Hund, als er erkannte, mit wem er sprach.

»Ich habe nicht vor, mich in Eure Dinge zu mischen«, entgegnete Wolff kühl. »Ich wollte nur verhindern, dass der Junge für seine Freundlichkeit auch noch büßen muss.« Die Drohung, die in diesen Worten mitschwang, war nicht zu überhören und Wirbe schien ein weiteres Stück in sich zusammenzusinken. Aber der Blick, mit dem er Tibor dabei musterte, versprach nichts Gutes.

»Ich habe ihm verboten mit Fremden zu reden«, sagte er trotzig, zog eine Grimasse und starrte Wolff mit einer Mischung aus Wut und schlecht verhohlener Furcht an, während er mit der Linken sein schmerzendes Handgelenk massierte. »Wir haben jede Menge Arbeit. In einer Stunde muss das Zelt aufgebaut sein. Die Leute bezahlen uns nichts, wenn wir nichts bieten.«

Wolff nickte. »Dann will ich Euch nicht länger aufhalten«, sagte er kühl. »Reserviert mir einen guten Platz für die erste Vorstellung. Ich komme bestimmt.« Damit wandte er sich ohne ein weiteres Wort ab und ging mit raschen Schritten zum Haus des Dorfschulzen zurück. Aber Wirbe hätte schon taub und blind sein müssen, die unausgesprochene Warnung, Tibor ja in Frieden zu lassen, nicht zu bemerken. Tibor war nicht ganz sicher, ob er sich darüber freuen sollte.

Wirbe starrte dem Ritter nach, bis er in der ärmlichen, strohgedeckten Hütte verschwunden war. In seinen Augen blitzte es. Tibor duckte sich instinktiv, als sich Wirbe nach einer Weile wieder zu ihm umwandte. Aber die Schläge, mit denen er gerechnet hatte, kamen nicht. Wirbe versetzte ihm nur einen derben Stoß in die Seite und deutete auf den Stoffballen, den Tibor abgesetzt hatte. Hastig nahm Tibor diesen hoch und lud ihn sich auf die Schulter. Aber Wirbe hielt ihn zurück, als er damit losgehen wollte.

»Was hat er von dir gewollt, der feine Herr?«, fragte er.

»Er hat gefragt, woher wir kommen.«

»Woher wir kommen?« Wirbe runzelte die Stirn. »Was geht ihn das an?«

»Er ... sucht wohl jemanden«, antwortete Tibor ausweichend. Irgendwie glaubte er zu spüren, dass es Wolff nicht recht wäre, wenn er Wirbe von den Männern erzählte, die er suchte. Andererseits würde Wirbe ihn schlagen, wenn er erfuhr, dass er ihn belogen hatte. Und Ritter hin oder her – Wolff von Rabenfels würde in ein paar Tagen der Vergangenheit angehören, während er mit Wirbe leben musste. So fügte er noch eilends hinzu: »Er hat sich nach Männern erkundigt, die dasselbe Wappen wie er tragen.«

Wirbes Stirnrunzeln vertiefte sich; er schwieg weiter, aber Tibor wusste, dass er die Demütigung noch lange nicht vergessen hatte. Auf seine Art war Wirbe ein sehr stolzer Mann. Ein Mann vielleicht, der es mit den Gesetzen nicht immer ganz genau nahm und der seine eigenen, manchmal recht eigenwilligen Vorstellungen von Recht und Ordnung hatte, aber trotzdem ein stolzer Mann. Er vergaß eine Beleidigung nie.

»Er wird zur Vorstellung kommen, Wirbe!«, sagte Tibor aufgeregt. »Stell dir vor, welche Ehre das für uns bedeutet! Ein richtiger Edelmann als Gast unserer Truppe!«

»Ja«, raunzte Wirbe. »Ich fühle mich auch tief geehrt durch deinen Edelmann. Sie bringen immer viel Ehre, diese Ritter. Aber vom Bezahlen halten sie im Allgemeinen nichts.« Er zog geräuschvoll die Nase hoch, spie aus und machte eine ungeduldige Handbewegung. »Und jetzt spute dich gefälligst, ehe ich wirklich die Geduld verliere und dir die Tracht Prügel verpasse, die du eigentlich verdient hättest.«

Tibor beeilte sich, aus Wirbes Nähe zu

verschwinden, ehe der seine Meinung vielleicht noch änderte. Als er zum Wagen zurückging, schlug ihm ein eisiger Wind ins Gesicht und wieder glaubte er, den unheimlichen Ton von vorhin zu hören: ein helles, heulendes Wimmern. Diesmal war er fast sicher, sich nicht getäuscht zu haben. Aber als er stehen blieb und aus zusammengekniffenen Augen zum Waldrand hinüberblickte, sah er nichts als Schatten und Dunkelheit. Und Nebel.

Ihre Truppe war nicht besonders gut. Wenn man Wirbe glauben konnte, der vor jeder Vorstellung auf eine Kiste stieg und mit schriller Stimme das Volk zusammenrief, dann wurden den Zuschauern auf dem roh zusammengezimmerten Podest alle sechs Wunder der Welt – und noch ein paar dazu – dargeboten. Aber das stimmte bei weitem nicht. Sie hatten einen Messerwerfer, der aus fünf Schritten Entfernung Dolche und scharfe, beidseitig geschliffene Äxte auf eine sich drehende Scheibe schleuderte und nicht immer traf, Wirbes Sohn Gnide, der mit Bällen und hölzernen

Keulen jonglierte und in den Pausen in einem Narrenkostüm herumhüpfte und allerlei Faxen machte, einen alten Tanzbären, der auf einem Auge blind war und dessen Fell bereits auszufallen begann, und schließlich Wirbe selbst und seine Frau, die wechselweise sangen, akrobatische Kunststücke oder Witze zum Besten gaben und dann und wann ein kleines Theaterstück aufführten. Aber das alles war – wie Wirbe manchmal, besonders wenn er aus dem Wirtshaus kam und betrunken war, selbst zugab – allerhöchstens zweite Wahl, nicht zu vergleichen mit den wirklich berühmten Gauklertruppen, die sie manchmal auf einem Jahrmarkt trafen: Männer und Frauen in glänzenden Kostümen aus Seide, Akrobaten, die auf fünfzig Schritt das Messer zu schleudern oder die tollsten Sprünge und Kletterkunststücke zu vollführen wussten. Sie wurden niemals wie die wirklich großen Gaukler auf Schlösser oder Burgen eingeladen, und wenn sie – was selten genug vorkam – einmal einen

Stand auf einem Markt oder einer Kirmes ergattert hatten, dann wurden sie meist abgedrängt und mussten sich mit einem abgelegenen Flecken zufrieden geben – irgendwo am Rande eines Platzes oder gar in einer Seitenstraße, wo nur die Betrunkenen hinkamen oder die, die kein Geld hatten. Aber sie verdienten immerhin so viel, um zu leben, und nach einem guten Jahr blieb manchmal sogar genug Geld übrig, um für alle neue Kleider und manchmal auch ein neues Paar Schuhe zu erstehen. Auf dem Hof, auf dem Tibor aufgewachsen war, war das nicht immer selbstverständlich gewesen. Er musste bei Wirbe so hart arbeiten wie dort. Aber der Hunger, der früher wie ein vertrauter Kamerad mit jedem Winter wiedergekommen war, war aus seinem Leben verschwunden und – was das Wichtigste war – er hatte bei Wirbe und seiner Familie zum ersten Mal erfahren, was das Wort Freiheit bedeutete.

Die Vorstellung war ein mäßiger Erfolg. Das Dorf, das kaum zweihundert Seelen zählte, war wie alle Orte in diesem Teil des Landes arm und die Leute überlegten es sich zweimal, ehe sie einen Kupferpfennig in den Hut warfen, mit dem Tibor herumging. Aber es kam immerhin genug zusammen, um Wirbes Laune nicht noch mehr zu verschlechtern. Wolff, der wie versprochen zur Vorstellung gekommen war und auf einem eigens für ihn aufgestellten Stuhl ganz vorne saß und eifrig Beifall klatschte, sorgte tatsächlich dafür, dass fast alle Dörfler kamen – wenn auch, dessen war sich Tibor beinahe sicher, wohl eher, um den fremden Ritter zu begaffen, als um der Gaukler willen.

Er selbst sah allerdings kaum etwas von Wolff. Wie immer während der Vorstellungen hatte er sehr viel zu tun und hätte gut noch vier weitere Hände gebrauchen können, um die ganze Arbeit zu bewältigen! Wenn er nicht gerade mit dem Hut herumging, hatte er hinter der Bühne zu tun, legte Kostüme und Requisiten bereit, half Wirbe und seiner Frau Ola beim Umziehen, sortierte die Wurfdolche des Messerwerfers oder kümmerte sich um den Tanzbären, der immer wieder einzuschlafen drohte. Zwischendurch schlich er sich immer wieder hinter die Bühne und spähte durch den zerschlissenen Stoff nach draußen, um einen Blick auf Wolff zu erhaschen. Als er schließlich seine abschließende Runde mit dem Hut in der Hand drehte, beeilte er sich fertig zu werden, um vielleicht doch noch ein paar Worte mit dem Rabenritter reden zu können.

Aber zu seiner Enttäuschung war Wolff bereits fort, als er zur Bühne zurückkehrte. Das Volk begann sich zu zerstreuen, nur ein paar gaffende Kinder und Halbwüchsige standen noch auf dem zertretenen Anger herum. Wirbe scheuchte sie mit ein paar groben Worten davon, riss Tibor den Hut aus der Hand und zählte mit finsterer Miene die Münzen, die er eingenommen hatte. Er schalt ihn, dass es so wenige waren, machte ihm Vorhaltungen, nicht genug Mitleid erweckt zu haben, und drohte, ihm zur Strafe die abendliche Suppe zu streichen. Aber das tat er immer, ganz egal, wie viel oder wenig Tibor einnahm.

Und trotzdem war heute etwas anders als sonst. Wirbe wirkte irgendwie nervös und fahrig. Immer wieder, wenn Tibor aufblickte, sah er, dass der Gaukler oder seine Frau und Gnide in seine Richtung starrten, allerdings jedes Mal hastig den Blick abwandten, wenn sie sahen, dass er es bemerkte.

Schließlich verschwanden die drei im Zelt hinter der Bühne und ganz gegen seine sonstigen Gewohnheiten zog Wirbe die Plane hinter sich zu – nicht ohne sich vorher mit misstrauischen Blicken davon zu überzeugen, dass sie auch wirklich allein waren und nicht belauscht wurden.

Ein um das andere Mal blickte Tibor zum Waldrand hinüber. Eigentlich ohne zu wissen, warum. Es war, als ob eine geheimnisvolle Macht seinen Blick immer wieder in diese Richtung lenkte. Die Schatten wirkten noch immer so düster und schwarz wie am Vormittag. Doch Tibor hatte plötzlich das eigenartige Gefühl, beobachtet zu werden. Als hätte die Dunkelheit Augen bekommen. Wieder fiel ihm das sonderbare Geräusch auf, das sich in das Heulen des Windes gemischt hatte; und wieder wusste er nicht, was es war.

Für die nächsten Stunden hatte er allerdings anderes zu tun, als sich darüber und über Wirbes sonderbares Verhalten den Kopf zu zerbrechen. Nach der Vorstellung hatte er immer die meiste Arbeit: Während sich die anderen dann zurückzogen, um sich bis zum nächsten Auftritt auszuruhen, oblag es ihm, neue Kostüme und Requisiten wieder bereitzulegen, alte wegzupacken, die Bühne zu fegen und nicht zuletzt noch einmal über den Platz zu gehen und nachzusehen, ob nicht etwa ein Zuschauer etwas verloren oder liegen gelassen hatte. Einmal hatte er einen Heller übersehen, der jemandem aus der Tasche gerutscht sein musste. Gnide hatte die

Münze später entdeckt und zu seinem Vater gebracht, der Tibor halb totgeschlagen hatte wegen dieser Unachtsamkeit. Seither widmete Tibor dieser Tätigkeit immer seine besondere Aufmerksamkeit.

Schließlich war er mit diesem Teil seines Tagwerkes fertig und hatte noch fast eine Stunde Zeit, ehe Ola zum Abendessen rufen würde. Auf der anderen Seite des Angers spielte eine Horde zerlumpter Dorfkinder Fangen. Ihre Stimmen und ihr helles Lachen drangen verlockend zu Tibor hinüber und einen Moment überlegte er, ob er einfach zu ihnen gehen und sie darum bitten sollte, mitspielen zu dürfen. Aber er entschied sich dann doch dagegen. Früher hatte er so etwas noch manchmal getan, aber die Erfahrungen, die er mit der Zeit dabei gemacht hatte, waren nicht dazu angetan gewesen, ihn die Versuche sehr oft wiederholen zu lassen. Meistens war er davongejagt und als Zigeunerkind und Bettler beschimpft oder gar geschlagen worden. Und selbst in den Orten, wo das nicht passiert war, spürte er die unsichtbare Mauer, die ihn von den anderen trennte, die Blicke und getuschelten Worte, die ihm auch so sagten, dass er anders war als sie. Aber es lag mehr Furcht vor ihm als Respekt oder der Wunsch nach wirklicher Freundschaft in ihren Blicken. Außerdem war es nicht gut für jemanden, der selten länger als drei Tage an ein und demselben Ort war, Freundschaften zu schließen.

Er verscheuchte den Gedanken, wandte sich um und ging um die Bühne herum auf den Zelteingang zu. Manchmal, wenn er Zeit hatte, erlaubte ihm Ola, ihr beim Zubereiten des Essens zu helfen, wobei auch manchmal eine Extrakartoffel oder ein Stück Zuckerrübe abfielen.

Aber als er das hölzerne Podest umrundet hatte, war die Plane vor dem Zelteingang noch immer heruntergelassen, und als er näher kam, hörte er Wirbes Stimme.

Unwillkürlich blieb er stehen und lauschte.

»... ganz sicher, dass er es ist«, sagte Wirbe gerade. Er klang aufgeregt.

»Und wenn nicht?«, fragte Gnide mit seiner schrillen, unangenehmen Stimme.

»Verlieren wir auch nichts«, entgegnete Wirbe.

»Aber es ist ... nicht richtig.« Das war Ola und ihre Stimme klang besorgt, wie Tibor überrascht registrierte. »Er hat uns nichts getan. Und es ist nicht richtig, jemanden für Geld auszuliefern.«

»Schweig, Weib!«, entgegnete Wirbe gereizt. »Wenn wir es nicht tun, tut es ein anderer und streicht das Geld ein. Außerdem ...!« Er brach plötzlich ab, dann hörte man zwei schnelle Schritte, und noch ehe Tibor auch nur reagieren konnte, flog die Zeltplane auf und Wirbes zorngerötetes Gesicht erschien in der Öffnung.

»Was tust du hier?«, herrschte er ihn an. »Hast du gelauscht? Was hast du gehört?«

»Nichts, Wirbe!«, antwortete Tibor hastig. »Ich wollte ...«

Weiter kam er nicht. Wirbe war mit

einem einzigen Schritt bei ihm, packte ihn am Kragen und versetzte ihm eine Ohrfeige, dass ihm der Kopf dröhnte.

Tibor entschlüpfte rasch seinem Griff, presste die Hand auf die brennende Wange und brachte vorsichtshalber zwei, drei Schritte Distanz zwischen sich und Wirbe, ehe er sich wieder zu ihm herumdrehte. »Ich ... wollte nur sagen, dass ich mit meiner Arbeit fertig bin«, stammelte er. »Ich habe nicht gelauscht.«

Wirbes Miene verfinsterte sich noch weiter. Drohend hob er die Hand, als wolle er ihn abermals schlagen, tat es aber dann doch nicht, sondern runzelte nur zornig die Stirn.

»Das nächste Mal gibst du Laut, wenn du kommst«, raunzte er, »und stehst nicht rum und belauschst uns. Und jetzt leg der Stute den Sattel auf.«

»Den Sattel?«, wiederholte Tibor verwirrt. »Du willst ... fortreiten?«

Wirbe nickte. »Ins nächste Dorf«, sagte er. »Wir brechen morgen früh auf. Der Ort hier gibt nicht mehr als eine Vorstellung her. Die Leute haben jetzt schon kaum genug gezahlt, um die Unkosten wieder hereinzuholen. Ich will ins nächste Dorf reiten und mit dem Schulzen um einen guten Platz verhandeln. Und jetzt beeil dich! Ich habe keine Lust, die halbe Nacht unterwegs zu sein.«

»Aber die Vorstellung!«, widersprach Tibor. »Was ist mit der Abendvorstellung?«

»Die fällt aus«, schnappte Wirbe, dessen Geduld nun sichtlich zu Ende ging. »Warum sollen wir uns umsonst anstrengen? Diese dummen Bauern begreifen doch sowieso nicht, was ihnen geboten wird.«

Tibor blickte ihn verwirrt an. Es fiel ihm schwer, Wirbes Erklärung zu glauben – in all den Jahren, in denen er bei der Gauklerfamilie lebte, hatte er nicht einmal erlebt, dass Wirbe vorausgeritten war. Sie zogen mit den Jahreszeiten durch das Land und boten ihre Kunststücke in jeder Ortschaft feil, die ihren Weg kreuzte und aus der sie nicht gleich wieder hinausgejagt wurden. Nein – gefragt hatte Wirbe noch niemanden, ob er seine Bühne aufbauen durfte. Schon gar nicht im Voraus.

Aber irgendetwas sagte ihm, dass es besser war, Wirbe nicht noch weiter zu reizen. Sein Gesicht brannte noch immer von der Backpfeife und er hatte keine besondere Lust auf eine zweite. Nach ein paar Sekunden des Zögerns drehte er sich hastig um und lief über den Anger, um das Pferd zu satteln.

Eine halbe Stunde später, noch vor dem Abendessen, verließ Wirbe das Dorf und ritt davon. Seltsamerweise ritt er nach Süden – in die Richtung, aus der sie gekommen waren.

Der Abend senkte sich über das kleine Dorf und im gleichen Maße, in dem die Lichter in den Häusern rings um den Anger zu erlöschen begannen, zogen sich auch die Mitglieder der Gauklergruppe zum Schlaf zurück. Der Messerwerfer und Gundolf, der Bärendompteur, der so alt und lahm wie sein Tier war, schliefen zwischen Kisten und Truhen auf dem Wagen, sicher vor dem Wind und der Kälte der Nacht. Die alte Servia, die auf Jahrmärkten die blinde Wahrsagerin mimte und sich, von der Gicht gebeugt und zahnlos, wie sie war, hervorragend zum Betteln eignete, kroch in ihr winziges Zelt, das als einziges direkt neben dem Feuer aufgestellt werden durfte, weil sie die Kälte nicht mehr so gut vertrug wie die anderen. Gnide und seine Mutter Ola hatten sich in das Zelt hinter der Bühne zurückgezogen. Sie schliefen nicht; durch die dünne Zeltwand drang der rote Widerschein eines Feuers und je nachdem, wie der Wind stand, trugen seine Böen das Echo von Olas schrillem Lachen heran.

Auch Tibor hatte sich auf seiner Decke unter dem Wagen zusammengerollt, aber der Schlaf, der normalerweise gleich kam, ließ heute auf sich warten. Wie jeden Tag war er müde von der schweren Arbeit und am nächsten Morgen würden sie noch vor Sonnenaufgang aufstehen und weiterziehen, wie Wirbe gesagt hatte. Aber er fand keine Ruhe. Der Wind heulte und wimmerte noch immer auf dieselbe, unheimliche Weise, und als er versuchte den Schlaf herbeizuzwingen, erreichte er eher das Gegenteil. Und als er schließlich doch einschlief, war es ein unruhiger Schlummer, in den er fiel. Es war zu viel geschehen an diesem Tag und das Gespräch, von dem er einen Teil belauscht hatte, ging ihm nicht aus dem Sinn und verfolgte ihn selbst bis in seine Träume. Eine Zeit lang wälzte er sich unruhig hin und her, bis ihn – lange nach Mitternacht, wie er mit einem schnellen Blick in den Sternenhimmel feststellte – ein Geräusch weckte.

Einen Moment lang blieb er reglos unter seiner Decke liegen und wartete, dass die Benommenheit des Schlafes wich. Dann hörte er das Geräusch noch einmal, richtete sich vorsichtig auf, um sich nicht zu stoßen, und spähte aus zusammengepressten Augen in die Dunkelheit hinaus.

Der Laut, den er gehört hatte, war das gedämpfte Trommeln von Pferdehufen auf aufgeweichtem Boden. Wirbe kam zurück – aber er war nicht mehr allein. In seiner Begleitung befanden sich fünf oder sechs weitere Reiter. Gegen den dunklen Nachthimmel waren sie nur als silhouettenhafte schwarze Schatten zu erkennen, aber sie kamen Tibor außergewöhnlich groß und breitschultrig vor. Als sie einer nach dem anderen vor Wirbes Zelt aus den Sätteln stiegen und geduckt unter der Plane verschwanden, hörte er das Klirren von Metall, als trügen sie Waffen oder Kettenhemden.

In Tibor wurde eine warnende Stimme laut, sich wieder hinzulegen und die Augen zu schließen und sich nicht um Dinge zu kümmern, die ihn nichts angingen. Aber er hörte nicht auf sie. Er wartete, bis auch der letzte Reiter hinter Wirbe verschwunden war, schlug seine Decke ganz zur Seite und begann geduckt auf das Zelt zuzulaufen. Hinter der Plane wurde das flackernde Licht einer Kerze sichtbar.

Tibors Herz begann wie wild zu hämmern, während er sich dem Zelt näherte. Wenn Wirbe ihn zum zweiten Mal beim Lauschen erwischte, das wusste er, dann würde er nicht mehr mit einer Ausrede und einer Ohrfeige davonkommen. Aber er ahnte, dass die fremden Reiter mit dem Gespräch zu tun hatten, von dem er am Nachmittag ein Stück belauschen konnte – und dass es irgendwie auch mit ihm zusammenhing.

Lautlos näherte er sich dem Zelt, lauschte einen Moment und huschte geduckt zur Rückseite, wo er ein kleines Loch in der Plane wusste, durch das man bei Dunkelheit hinein-, kaum aber hinaussehen konnte. Gedämpftes Stimmengemurmel drang durch den schmuddeligen Stoff und diesmal hörte er das Klirren von Eisen deutlicher. Mit angehaltenem Atem presste er das Auge gegen das münzgroße Loch und spähte hindurch.

Das kleine, durch eine gespannte Tuchwand noch dazu in zwei ungleichmäßige Hälften unterteilte Zelt quoll vor Menschen über. Ola und Gnide hockten mit angezogenen Knien und dicht aneinander gekuschelt in einer Ecke und blickten zu den Fremden empor, die Wirbe mitgebracht hatte. Der Ausdruck in ihren Augen war eindeutig der von Angst. Auch Wirbe, der mit verschränkten Armen vor der gegenüberliegenden Zeltwand lehnte, sodass Tibor sein Gesicht deutlich erkennen konnte, wirkte lange nicht mehr so selbstsicher und überheblich, wie es Tibor sonst von ihm gewohnt war. Seine Lippen waren zu einem dünnen Strich zusammengepresst, mit weit aufgerissenen Augen starrte er den Wortführer an.

Als Tibor ins Gesicht des Fremden blickte, verstand er auch, warum. Er war ein Riese. Gut zwei Köpfe größer als Tibor, der mit seinen vierzehn Jahren schon fast so groß wie ein Erwachsener war, und mit Schultern von solcher Breite, dass er beinahe schon verwachsen wirkte. Sein Gesicht sah wie aus Fels gemeißelt aus: breit und grob und von harten, tief eingegrabenen Linien bestimmt. Irgendwie wirkte es unfertig, fand Tibor, so, als hätte ein Künstler es aus Stein gemeißelt, aber die Lust an seiner Arbeit verloren, ehe er damit fertig war. Eine hässliche rote

Narbe zog sich vom linken Mundwinkel bis in den Nacken, wo sie unter schulterlangem, struppig-braunem Haar verschwand. Gekleidet war der Fremde in ein einfaches, sackartiges Gewand mit Kapuze aus grobem Leinen, das mit einem einfachen Strick um die Taille zusammengehalten wurde und einer Mönchskutte ähnelte. Aber darunter glitzerte das schwarze Eisen eines Kettenhemdes im Licht der Kerze, und die längliche Ausbuchtung an der linken Seite seines Gewandes war mit Sicherheit der Knauf eines Schwertes.

Seine Begleiter waren auf ähnliche Weise gekleidet, aber zwei von ihnen – es waren insgesamt fünf, soweit Tibor erkennen konnte – trugen ihre Waffen sichtbar über den Mänteln und der, der am Eingang stand, trug einen mächtigen dreieckigen Schild am linken Arm. Etwas Seltsames ging von diesen Männern aus. Tibor vermochte nicht zu sagen, was es war, aber sie schienen irgendetwas Dunkles, Geheimnisvolles auszustrahlen.

Tibor verbiss sich im letzten Moment einen erstaunten Ausruf, als er das Wappen sah, das auf dem Schild prangte. Es war ein Rabe. Ein schwarzer, auf einem Felsen hockender Rabe mit halb ausgebreiteten Flügeln und einem Zweig im Schnabel – dasselbe Wappen, das er wenige Stunden vorher auf Wolffs Hemd gesehen hatte!

»Also!«, sagte der Mann mit dem Steingesicht laut. Seine Stimme war sehr hart, es war die Stimme eines Mannes, der es gewohnt war zu befehlen, nicht zu bitten. »Wir sind mit Euch gekommen, wie Ihr verlangt habt, Gaukler. Jetzt hoffe ich, dass Ihr Euch nicht etwa einen schlechten Scherz mit uns erlaubt habt.«

Wirbe fuhr zusammen. »Natürlich nicht«, antwortete er hastig. »Was denkt Ihr Euch? Ich bin ein Ehrenmann!«

Der Mann mit der Narbe lachte leise, aber es war ein Lachen, das Tibor einen eisigen Schauer über den Rücken laufen ließ. Der Mann wurde sofort wieder ernst. »Wo ist er?«, fragte er.

Wirbe fuhr sich nervös mit der Zungenspitze über die Lippen und begann auf der Stelle zu treten. »Er ist hier«, sagte er schließlich. »Hier im Dorf, wie ich gesagt habe.«

»Wer weiß, wen du gesehen hast«, sagte der Mann mit dem Schild, aber der Narbige brachte ihn mit einer zornigen Geste zum Schweigen.

»Den, den Ihr sucht!«, antwortete Wirbe trotzig. »Ich bin sicher, dass es der Richtige ist. Er trägt dasselbe Wappen wie Ihr!«

Tibor fuhr draußen auf seinem Horchposten zusammen. Wolff!, dachte er erschrocken. Wirbe und die Fremden sprachen über niemand anderes als über Wolff von Rabenfels! Waren das etwa die Freunde, von denen der junge Ritter gesprochen hatte?

»Dann sagt uns endlich, wo wir ihn finden«, hörte Tibor nun den Narbigen ungeduldig sagen. »Dann sehen wir schon, ob es der Richtige ist.«

Wirbe schüttelte stur den Kopf. »Erst

will ich mein Geld«, beharrte er und streckte die Hand aus. »Fünf Goldtaler, wie Ihr versprochen habt.«

Der Mann mit dem Schild wollte auffahren, aber wieder brachte ihn der Narbige mit einem Wink zur Ruhe. Er lachte leise. »Traut Ihr mir vielleicht nicht?«, fragte er.

Wirbe schürzte die Lippen. »Das hat damit nichts zu tun«, sagte er. »Aber ich muss sichergehen. Am Ende entkommt er Euch und Ihr findet keine Zeit mehr, mich zu bezahlen, während Ihr ihn verfolgt. Erst das Geld, dann sage ich Euch, wo Ihr ihn findet.«

Tibor hatte genug gehört. Er wusste nicht, wer die fünf Männer waren oder was sie von Wolff von Rabenfels wollten, aber das Wenige, was er begriffen hatte, machte ihm deutlich, dass sie ganz und gar keine Freunde des jungen Ritters waren, sondern ihn gefangen nehmen, ja vielleicht sogar töten wollten. Und Wirbe hatte ihn verraten!

Der Gedanke war so schrecklich und unvorstellbar, dass Tibor im ersten Moment die Wahrheit nicht akzeptieren wollte. Er wusste, dass Wirbes Hand schon mehr als einmal in einen fremden Beutel gerutscht war oder dass er auch schon einmal vergaß, die Zeche in einem Wirtshaus zu bezahlen, aber einen Schankwirt um sein Wechselgeld zu betrügen oder einen Menschen für ein paar Goldstücke zu verkaufen – noch dazu einen Ritter –, das war doch ein Unterschied!

Wie vor den Kopf geschlagen richtete er sich auf, schlich die ersten Meter auf Zehenspitzen und begann dann geduckt zu rennen, was das Zeug hielt. Er begriff in diesem Augenblick gar nicht, dass er nun selbst dabei war, Wirbe zu verraten. Aber auch wenn es ihm bewusst gewesen wäre, hätte das nichts an seiner Reaktion geändert. Er hatte die finstere Ausstrahlung, die von dem Mann mit der Narbe ausging, gespürt. Auch wenn Wolff kein Ritter gewesen wäre, hätte er ihn gewarnt.

So schnell er konnte, stapfte Tibor über den Anger, lief über die schlammige Straße und erreichte das Haus des Dorfschulzen. Hinter den Fenstern brannte natürlich kein Licht mehr und die Tür war von innen verriegelt. Enttäuscht umrundete er die ärmliche, anderthalbgeschossige Hütte, rüttelte ungeduldig an jedem Fenster, an dem er vorbeikam, und begann schließlich mit den Fäusten gegen die Tür zu pochen. Am liebsten hätte er laut geschrien, um das ganze Dorf zusammenzurufen, aber er hatte Angst, damit auch Wirbe und die fünf unheimlichen

Fremden auf sich aufmerksam zu machen.

Im ersten Moment schien es, als blieben seine Bemühungen erfolglos, aber dann glomm hinter den blinden Scheiben ein blassgelbes Licht auf und eine Stimme brummelte ungehalten, wer immer draußen stünde, solle sich gedulden und nicht das ganze Dorf zusammentrommeln. Schlurfende Schritte näherten sich der Tür und endlich wurde der Riegel zurückgeschoben.

Tibor sah sich mit klopfendem Herzen um. Von den Fremden war noch keine Spur zu sehen, aber ein Mann wie der Narbige würde sich von Wirbe kaum lange hinhalten lassen. Jede Sekunde war kostbar.

Als er sich wieder herumdrehte, blickte er in das faltige Gesicht des Dorfschulzen. Seine Augen waren noch trüb vom Schlaf und auf seinem Kopf saß eine Nachtmütze mit einer gelben Troddel. Unter anderen Umständen hätte Tibor über den Anblick herzhaft gelacht. Jetzt schob er den Alten einfach mit der flachen Hand ins Haus zurück, drückte die Tür hinter sich zu und sprudelte los: »Ich muss Herrn von Rabenfels sprechen, schnell!«

Der Schulze blinzelte ein paar Mal, dann rötete sich sein Gesicht plötzlich vor Zorn. »Du bist doch einer von dem Gauklergesindel, wie?«, schnappte er. »Was fällt dir ein, hier mitten in der Nacht so ...«

»Es geht um Leben und Tod!«, unterbrach ihn Tibor verzweifelt. »Bitte, Herr! Ich muss Euren Gast sprechen! Jede Sekunde ist kostbar!«

»Um Leben und Tod?«, schrie der Alte. »Warte, du Lümmel, ich werde dir zeigen, worum es hier geht!« Er hob die Hand zum Schlag, aber Tibor duckte sich blitzschnell unter seinem Arm weg, huschte an ihm vorbei und durchquerte mit ein paar raschen Schritten das Zimmer. Es gab nur eine einzige Tür und auf der anderen Seite eine steile Holztreppe zum Dachboden empor. Ohne auf das Gezeter des Alten zu achten stieß Tibor die Tür auf und spähte in den dahinterliegenden Raum. Aber es war nur die Schlafkammer des Schulzen, leer bis auf eine Truhe und ein riesiges Bett. Enttäuscht wandte sich Tibor um und schlug die Tür hinter sich zu.

»Was fällt dir ein!«, kreischte der Alte. »Ich werde dich windelweich prügeln, du Lump!« Er kam drohend näher, aber Tibor wich ihm abermals aus, rannte auf die Treppe zu und lief die ausgetretenen Stufen hinauf.

Die Treppe endete vor einer schmalen, aus rohen Brettern zusammengezimmerten Klappe. Tibor stieß sie auf, schlüpfte hindurch und sah sich hastig um. Der Dachboden war so niedrig, dass er selbst unter dem First nur gebeugt stehen konnte, und die Dunkelheit wurde nur von den matten Streifen des grauweißen Mondlichtes erhellt, das durch die Ritzen des baufälligen Strohdaches hereinsickerte. In einer Ecke, zusammengerollt auf einem Bündel Lumpen, lag eine schlafende Gestalt.

»Herr!« Tibor war mit einem Sprung

neben Wolff, fiel auf die Knie und rüttelte an seiner Schulter. »Ihr müsst aufstehen, Herr!«, rief er verzweifelt. »Ihr seid in Gefahr!«

Wolff blinzelte, versuchte seine Hand beiseite zu schieben und murmelte schlaftrunken etwas vor sich hin, das Tibor nicht verstand. In heller Panik griff er noch einmal zu, zerrte den Rabenritter in die Höhe und schüttelte ihn wie wild. Endlich erwachte Wolff.

Aber auf andere Weise, als Tibor lieb gewesen wäre. Blitzartig richtete er sich auf, stieß Tibor von sich, griff gleichzeitig nach seinem Handgelenk und drehte ihm den Arm auf den Rücken, dass Tibor mit einem überraschten Aufschrei zur Seite fiel. Im selben Moment legte sich Wolffs anderer Arm von hinten um seinen Hals und drückte sein Kinn mit erbarmungsloser Kraft nach oben. Tibors Schmerzlaut ging in einem würgenden Keuchen unter, als er von einem Augenblick auf den anderen keine Luft mehr bekam.

»Was willst du, Bursche?«, fragte Wolff. »Wer bist du und wie kommst du hier herein?«

Tibor hätte gerne geantwortet, aber Wolffs Arm schnürte ihm noch immer die Luft ab. Wild gestikulierte er mit der freien Hand und deutete auf seinen Hals, bis der Ritter schließlich seinen Griff lockerte. »Sprich!«, verlangte er.

Tibor keuchte. Er konnte wieder atmen, aber seine Worte waren kaum zu verstehen, als er antwortete: »Ihr seid in ... Gefahr, Herr. Es sind ... Fremde gekommen, die Euch ... suchen.«

Wolff ließ überrascht Tibors Hals los, löste auch die Hand von seinem Arm und blinzelte, um in der hier herrschenden Dunkelheit sein Gesicht deutlicher sehen zu können. Ein verwirrter Ausdruck huschte über seine Züge, als er erkannte, wen er vor sich hatte.

»Du?«, rief er erstaunt. »Du bist doch der Gauklerjunge, mit dem ich heute Morgen gesprochen habe?«

Tibor nickte, fiel nach vorne auf die Knie und presste die Hand gegen den Hals. Plötzlich hatte er das Gefühl, sich gleich übergeben zu müssen. Aber er beherrschte sich im letzten Moment.

»Ihr müsst fort, Herr«, würgte er hervor. »Sie sind schon im Dorf. Wirbe hat Euch verraten, und ... und ...«

Wolff machte eine beruhigende Geste, kniete sich neben ihn und legte ihm die Hand auf die Schulter. »Es tut mir Leid, wenn ich dir wehgetan habe«, sagte er sanft.

Tibor winkte mit schmerzverzerrtem Gesicht ab. »Das macht nichts«, antwortete er. »Ihr müsst fort, Herr! Sie werden gleich hier sein.«

»Sie?«, fragte Wolff. »Wen meinst du?«

Das Erscheinen des Dorfschulzen hinderte Tibor daran, sofort zu antworten. Der Alte erschien keuchend auf der Treppe, schwang seine Kerze wie eine Waffe und deutete auf Tibor. »Verzeiht, Herr«, sagte er schwer atmend. »Aber der Bursche ist einfach ...«

»Es ist in Ordnung«, unterbrach ihn Wolf rasch. »Der Junge ist ein guter Freund von mir. Ihr könnt wieder gehen. Aber lasst uns die Kerze hier, bitte«, fügte er hinzu.

Der Alte blickte einen Moment irritiert von ihm zu Tibor und wieder zurück, setzte aber dann gehorsam die Kerze vor sich auf den Boden und wankte, übel gelaunt und vor sich hin fluchend, die Treppe hinunter.

Tibor wartete, bis er ihn nicht mehr hörte, dann erzählte er mit hastiger, aber gedämpfter Stimme. Er begann bei dem Gespräch, das er belauscht hatte, ließ auch seine eigenen Überlegungen und düsteren Vorahnungen nicht aus und berichtete alles bis zu dem Zeitpunkt, als er hier heraufgekommen und Wolff geweckt hatte. Der junge Ritter hörte die ganze Zeit schweigend zu, aber der Ausdruck seiner Gesichtszüge verdüsterte sich, und als Tibor von dem Mann mit dem groben Gesicht erzählte, glaubte er für eine Sekunde deutlichen Schrecken in seinen Augen aufblitzen zu sehen.

»Ich habe ... doch keinen Fehler gemacht, Euch zu wecken, nicht?«, fragte Tibor, als er geendet hatte. »Ich meine, diese Männer schienen mir kaum Eure Freunde zu sein und ...«

Wolff unterbrach ihn mit einem Kopfschütteln und einem dünnen, seltsam verbissenen Lächeln. »Nein, Junge«, sagte er. »Du hast genau richtig gehandelt. Der Mann, mit dem dein Herr sprach – er hatte eine Narbe im Gesicht, sagst du?«

Tibor nickte. »Ja. Sie war sogar ziemlich auffällig. Wer sind diese Männer, Herr?«

Wolff runzelte die Stirn, starrte einen Moment an ihm vorbei ins Leere und richtete sich dann mit einer abrupten Bewegung auf. »Niemand, der dich zu kümmern braucht«, sagte er ausweichend. Er bückte sich nach seinem Waffengurt, band ihn um und lächelte, als er den bestürzten Ausdruck auf Tibors Gesicht gewahrte. »Ich danke dir, dass du mich gewarnt hast«, sagte er. »Aber jetzt ist es besser, wenn du gehst, so schnell du kannst. Die Männer, die du gesehen hast, sind gefährlich. Du hast schon viel zu viel riskiert.«

»Aber das macht nichts«, widersprach Tibor. »Ich helfe Euch gerne. Ich ... ich kann vorausgehen und sehen, ob die Straße frei ist.«

Einen Moment lang schien Wolff ernsthaft über seinen Vorschlag nachzudenken, dann schüttelte er entschieden den Kopf. »Nein«, sagte er. »Geh jetzt! Dein Leben könnte in Gefahr geraten, wenn sie herausbekommen, dass du mich gewarnt hast. Verschwinde, solange es noch nicht zu spät dazu ist.«

Aber es war bereits zu spät.

Noch ehe Tibor antworten konnte, flog die Tür unten im Haus mit einem krachenden Schlag auf. Schwere Schritte polterten auf dem Boden und wieder hörte Tibor das helle Klirren von Metall, von dem er jetzt nur zu gut wusste, was es zu bedeuten hatte. Erschrocken fuhr er auf, aber Wolff bedeutete ihm mit einer hastigen Geste still zu sein, beugte sich rasch vor und blies die Kerze aus.

Unter ihnen wurde die keifende Stimme des Schulzen wieder laut, aber nur für einen Augenblick. Dann ertönte ein Klatschen, und das Zetern des alten Mannes ging in einem schmerzhaften Wimmern unter. Eine raue Stimme begann Befehle in einer Sprache zu erteilen, die Tibor nicht verstand. Und wieder hörte er polternde Schritte. Die Tür zur Schlafkammer wurde unsanft aufgestoßen und Sekunden später vernahm man ein Splittern und Krachen, als würden sämtliche Möbelstücke umgeworfen oder kurzerhand zertrümmert.

Und dann stampften schwere, eisenbeschlagene Stiefel die Treppe herauf. Wolff schob Tibor beiseite und nahm geduckt neben der Bodenklappe Aufstellung, aber so, dass, wer immer dort hinaufkam, ihn nicht sofort sehen konnte. Langsam zog er das Schwert aus der Scheide. Tibor fiel dabei auf, dass er die Klinge zwischen den

Fingern entlanggleiten ließ, damit das Eisen nicht beim Herausziehen scharrte und ihn verriet. Seine Bewunderung für den jungen Ritter wuchs immer mehr.

Ein behelmter Kopf erschien nun in der Klappe, gefolgt von Schultern und einem Körper, der in der Dunkelheit noch massiger und drohender wirkte. Wolff spreizte leicht die Beine, um festen Stand zu haben, packte das Schwert mit beiden Händen und spannte sich. Ein ungutes Gefühl machte sich in Tibor breit. Er begann erst jetzt richtig zu begreifen, dass das, was er erlebte, alles andere als ein harmloses Abenteuer war, sondern durchaus zu einer Sache auf Leben und Tod geworden war.

Aber dann ging alles viel zu schnell, als dass er auch nur Zeit gefunden hätte, einen klaren Gedanken zu fassen.

Der Fremde kam rasch die Treppe herauf, richtete sich auf den obersten Stufen unsicher auf und sah sich um. Ein erstaunter, halb erschrockener Ausruf kam über seine Lippen, als er die weiß gekleidete Gestalt vor sich sah.

Wolff schlug im selben Moment zu. Seine Klinge zischte mit einem dumpf klingenden Laut durch die Luft, drehte sich im letzten Moment, sodass sie mit der Breitseite und nicht mit der tödlichen Schneide traf, und prallte mit furchtbarer Wucht seitlich gegen den Helm des Fremden. Es klang, wie wenn ein Hammer auf einen Amboss schlägt. Der Mann verdrehte die Augen, ließ seine Waffe fallen und kippte langsam nach hinten. Wolff fing ihn auf, ehe er vollends in die Tiefe stürzen und sich dabei den Hals brechen konnte.

Aber der Schrei und der nachfolgende Schlag waren gehört worden. Unten wurde wieder die Stimme des Narbigen laut und dann erbebte die schmale Treppe unter dem Gewicht der Männer, die die Stufen emporstürmten. Wolff knurrte wie ein gereizter Bär, wich mit einer schnellen Bewegung ein weiteres Stück von der

Bodenklappe zurück und erwartete den nächsten Angreifer.

Der Mann erschien eine knappe Sekunde später in der Öffnung. Aber er schien aus dem Schicksal seines Kameraden gelernt zu haben, denn er war nicht so unvorsichtig, den Kopf durch die Klappe zu stecken, sondern hielt seinen mächtigen Schild wie den Rückenpanzer einer Schildkröte über sich. Gleichzeitig stocherte er mit seinem meterlangen Schwert ungezielt nach oben.

Wolff brachte sich mit einem hastigen Satz in Sicherheit, schlug mit dem Schwert nach dem des Angreifers und trat gleichzeitig nach dessen Knie. Die beiden Klingen prallten Funken sprühend aufeinander. Wolffs Schwert federte zurück und krachte so heftig gegen den Schild des Fremden, dass es ihm fast aus der Hand geprellt wurde. Aber sein Tritt hatte den anderen aus dem Gleichgewicht gebracht. Er keuchte, begann auf den schmalen Treppenstufen zu wanken und fand erst im letzten Moment sein Gleichgewicht wieder.

Wenigstens für eine Sekunde. Dann war Wolff heran, fegte seine Klinge mit einem wütenden Schwertstreich endgültig zur Seite und trat noch einmal zu. Sein Fuß traf den gemalten Raben auf dem Schild des Angreifers mit furchtbarer Wucht. Der Mann schrie auf, kippte nach hinten und riss dabei die hinter ihm stehenden Krieger mit sich. Das ganze Haus schien zu erbeben, als die Männer in einem Knäuel ineinander verstrickter Glieder und Körper unten aufschlugen.

Tibor war mit einem Sprung bei der Klappe, aber Wolff riss ihn zurück. »Bist du verrückt geworden?«, keuchte er. »Die bringen dich um!«

»Aber wir ... müssen hier hinaus!«, stammelte Tibor. »Sie werden wiederkommen und ...«

Wie als Antwort auf seine Worte ertönte von unten ein neuerlicher, wütender Schrei des Narbigen. Plötzlich zischte ein

Pfeil mit einem schwirrenden Geräusch an Wolff vorbei, bohrte sich in einen der Dachbalken und blieb zitternd darin stecken. Tibor wurde blass und brachte sich mit einem Sprung in Sicherheit.

»Nun?«, fragte Wolff leise. »Willst du immer noch dort hinunter?«

Er maß Tibor mit einem schnellen Blick, wandte sich dann um, zog das Schwert des bewusstlosen Kriegers aus seinem Gürtel und drückte es Tibor in die Hand.

»Was ... was soll ich damit?«, stammelte Tibor. Die Waffe war sehr schwer und sie fühlte sich so ungelenk und groß an, dass er bezweifelte, sie überhaupt schwingen zu können. Geschweige denn, sich damit zu wehren.

Wolff kam nicht dazu, darauf eine Antwort zu geben. Ein zweiter und dritter Pfeil zischten dicht hintereinander durch die Bodenklappe und bohrten sich ins Dach, dann drang die Stimme des Narbigen zu ihnen herauf:

»Wolff!«, schrie er. »Wolff von Rabenfels! Wir wissen, dass du dort oben bist!«

»Wie schön für euch«, rief Wolff zurück. »Dann kommt doch und besucht mich.«

Die Antwort bestand in einem rauen, nicht sehr freundlich klingenden Lachen. »Gib auf, Wolff!«, schrie der Narbige. »Du weißt, dass du keine Chance mehr hast.«

»Dann holt mich doch!«, brüllte Wolff. »Kommt rauf, wenn ihr euch traut. Ich habe einen von euch hier – er wird sich freuen, Gesellschaft zu bekommen.«

»Wir haben Zeit, Wolff!«, antwortete der andere. »Wir können eine Woche warten, wenn es sein muss. Du nicht.«

Wolff schwieg einen Moment und Tibor konnte deutlich sehen, wie es hinter seiner Stirn arbeitete. Ihre Lage schien wirklich aussichtslos zu sein. Es gab keinen anderen Weg aus diesem Dachboden heraus als die steile Treppe – und sich dort hinunterkämpfen zu wollen wäre selbst für einen Mann vom Schlage Wolffs der reine Selbstmord gewesen.

»Ich habe einen Jungen hier oben«, sagte Wolff schließlich. »Er hat nichts mit mir oder euch zu schaffen. Lasst ihn gehen und wir können verhandeln.«

»Nein!«, antwortete der Narbige. »Wenn ihm etwas zustößt, dann hast du sein Leben auf dem Gewissen. Wirf dein Schwert fort und komm mit erhobenen Händen herunter und der Junge kann gehen!«

»Er lügt!«, flüsterte Tibor. »Geht nicht darauf ein, Herr. Sie werden mich nicht gehen lassen, selbst wenn Ihr Euch ergebt.«

Wolff nickte. Mit einem Male wirkte er sehr bedrückt. »Ich denke, du hast Recht«, murmelte er. »Resnec ist ein rachsüchtiger Mann.« Er seufzte. Seine Miene verdüsterte sich. »Aber ich fürchte, uns bleibt keine andere Wahl. Wir sitzen in der Falle.«

»Resnec?«, wiederholte Tibor.

»Der Mann mit der Narbe«, antwortete Wolff. »Ich hätte nicht gedacht, dass er selbst dabei ist. Hätten wir es nur mit seinen Söldnern zu tun, hätten wir eine Chance, obwohl die schon schlimm genug sind. Aber so ...« Er sprach nicht weiter, aber gerade das gab seinen Worten ein besonderes Gewicht.

Unter ihnen polterte es wieder und Tibor hörte Resnec mit gedämpfter Stimme Befehle an seine Männer erteilen. Verzweifelt sah er sich um. Der Gedanke, wie eine Ratte hier oben in der Falle zu sitzen und sich nicht einmal wehren zu können, machte ihn schier rasend.

Plötzlich hörten sie wieder ein Geräusch. Wolff stieß einen halb erschrockenen, halb ungläubigen Laut aus und sprang hastig von der Bodenklappe fort. Den Bruchteil einer Sekunde später zischte ein lang gezogener orangeroter Blitz durch die Öffnung, einen Schweif knisternder Funken hinter sich herziehend.

Der Brandpfeil fuhr mit einem klatschenden Laut in den Dachbalken. Das brennende Pech an seiner Spitze spritzte in alle Richtungen. Tibor schrie vor Schmerz auf, als ein glühender Funke seine Wange traf.

Die Flamme hatte innerhalb kürzester Zeit einen Teil des trockenen Strohdaches erfasst, das wie Zunder brannte.

Wolff stieß sein Schwert in die Scheide zurück und versuchte die Flammen mit den herumliegenden Lumpen auszuschlagen. Er musste sich aber wieder zurückziehen, als ein neuer Brandpfeil von unten durch die Öffnung zischte und eine Handbreit neben dem ersten ins Dach fuhr.

Die Flammen breiteten sich in Windeseile aus. Wie gierige kleine Ungeheuer sprangen sie von Strohbüschel zu Strohbüschel. Binnen weniger Augenblicke war der Raum voller flackernder greller Lichtreflexe und voll beißendem Qualm. Tibor wich immer weiter vor der langsam unerträglich werdenden Hitze zurück.

»Kommt ihr jetzt herunter?«, hörten sie Resnecs Stimme von unten. »Oder wollt ihr lieber verbrennen wie die Ratten? Mir ist es gleich!«

Wolff antwortete irgendetwas, das Tibor nicht verstand, zerrte sein Schwert abermals aus dem Gürtel und begann wie rasend auf das Dach einzuschlagen. Aber die Flammen breiteten sich schneller aus, als er die morschen Strohbündel herunterhauen konnte. Nicht einmal eine halbe Minute, nachdem der erste Brandpfeil sich in das Dach gebohrt hatte, stand fast die Hälfte davon in hellen Flammen. Der Qualm biss und brannte in Tibors Kehle, er musste husten und die Luft war mit einem Male so heiß, dass jeder Atemzug wie Lava in seinen Lungen zu brennen schien. Er hatte schon mehr als ein Feuer erlebt, aber noch nie eines, das sich mit so unglaublicher Geschwindigkeit ausbreitete. Das Feuer raste regelrecht auf sie zu und Funken und brennendes Stroh regneten auf sie herab. Tibor sah nur wie durch einen Schleier, dass Wolff abermals herumfuhr, mit dem linken Arm das Gesicht vor der Hitze schützend und mit der anderen Hand das Schwert schwingend. Die Klinge fuhr in die trockenen Strohbündel, zerschmetterte einen der dürren Dachsparren und kam schon wieder zu einem neuen Schlag hoch, während die Flammen gierig nach seinem Gesicht und seinen Haaren leckten.

Tibor begriff erst jetzt, was Wolff vorhatte. Er erwachte aus seiner Erstarrung, sprang neben den jungen Ritter und schwang sein eigenes Schwert mit verzweifelter Kraft.

Es wurde ein Wettlauf mit dem Tod. Die beiden Klingen hackten ein großes, ausgefranstes Loch in das mürbe Strohdach, aber die frische Luft, die durch die von ihnen selbst geschaffene Öffnung hereinströmte, ließ die Flammen nur noch mehr aufflackern. Tibor hatte das Gefühl, in Flammen zu baden. Seine Augenbrauen waren versengt und sein Gesicht schmerzte unerträglich.

Endlich war das Loch groß genug, um einen Menschen hindurchzulassen. Wolff sprang zurück und deutete mit einer Kopfbewegung auf die Öffnung im Dach. Seine Lippen bewegten sich, aber das Brüllen der Flammen verschluckte jeden anderen Laut.

Tibor nickte, schob das Schwert ungeschickt unter seinen Gürtel und griff mit beiden Händen nach einem Dachbalken. Das Holz glühte. Am liebsten hätte er vor Schmerz geschrien. Aber er unterdrückte den Laut, versuchte seine Angst und die Hitze zu ignorieren und zog sich mit einer verzweifelten Bewegung nach oben. So schnell er konnte, kletterte er auf das Dach hinaus, suchte Halt und streckte Wolff die Rechte entgegen. Der Rabenritter griff danach, klammerte sich mit der anderen Hand an einem Dachsparren fest und stieg, zwar schneller, aber weit weniger elegant als Tibor, nach draußen.

Tibor verlor auf den abschüssigen Strohbündeln fast das Gleichgewicht, als er sich aufzurichten versuchte. Aus dem ausgefransten Loch unter ihnen drang weißglühender Feuerschein wie aus dem

Schlund eines Vulkans. Er erkannte, dass das Haus nicht mehr zu retten war und dass das Feuer – wenn kein Wunder geschah – auch auf die benachbarten Gebäude übergreifen würde. Vielleicht würde sogar das ganze Dorf niederbrennen.

Wolff packte ihn an der Schulter und deutete nach Norden. »Ich hole mein Pferd!«, schrie er über den infernalischen Lärm des Feuers hinweg. »Wir treffen uns außerhalb des Dorfes – unten am Bach, wo die große Ulme steht!«

Ehe Tibor ihn zurückhalten konnte, stürzte er – beide Arme wie ein Seiltänzer ausgestreckt und verzweifelt um sein Gleichgewicht bemüht – über das Dach davon. Tibor sah ihm nach, dann drehte er sich ebenfalls herum, lief bis zur Dachkante und sprang ohne zu zögern in die Tiefe. Es war kein sehr gewagter Sprung – die Dachkante lag kaum drei Meter über dem Boden und der aufgeweichte Morast der Straße dämpfte seinen Aufprall. Aber Aufregung und Furcht hatten ihn unsicher werden lassen. Er kam schlecht auf, versuchte sich abzurollen, wie er es gelernt hatte, schlug aber schmerzhaft mit der Stirn gegen einen Stein und blieb einen Moment benommen liegen.

Als sich die Schleier der Benommenheit wieder lichteten, war das erste, was er sah, lodernder Flammenschein. Das Haus des Dorfschulzen brannte wie eine Fackel. Wirbelnde Funkenschauer explodierten immer wieder aus seinem Dach und fielen auf die Straße oder die Dächer der benachbarten Häuser herab. Schreie drangen an sein Ohr und überall rechts und links der Straße wurden Türen und Fenster aufgerissen, drängten Männer und Frauen in Nachthemden oder hastig übergeworfenen Umhängen auf die Straße.

Dann flog die Tür des Hauses vom Dorfschulzen mit einem Schlag auf und eine hünenhafte Gestalt in einer graubraunen Kutte stürzte aus dem brennenden Gebäude. Der Mann stürmte mit einem wütenden Schrei auf die Straße, erblickte

Tibor – und blieb stehen, als wäre er vor eine unsichtbare Mauer geprallt. Für eine Sekunde, eine einzige Sekunde nur begegneten sich ihre Blicke. Aber Tibor sollte diesen Blick niemals mehr im Leben vergessen. Er war voller Hass, einem so abgrundtiefen Hass, dass Tibor dem Blick nicht standhalten konnte.

Resnec griff unter seinen Mantel und zerrte ein gewaltiges, beidseitig geschliffenes Schwert hervor. Die Bewegung löste den Bann, der von Tibor Besitz ergriffen hatte. Er sprang auf die Füße, duckte sich, als er eine Bewegung hinter sich spürte, und fühlte den eisigen Luftzug von Resnecs Schwert im Nacken. Wie von Sinnen rannte er los, spurtete über den Anger und hielt instinktiv auf Wirbes Zelt zu, schlug aber im letzten Moment einen Haken und raste im rechten Winkel davon. Resnec war noch immer hinter ihm und Tibor wusste, dass er ihn töten würde, wenn er ihn zu fassen bekam. Hinter ihnen im Dorf begannen immer mehr Menschen zu schreien und der Feuerschein wurde heller und tauchte den Himmel über ihnen in blutiges Rot.

»Bleib stehen!«, brüllte Resnec. Seine Stimme schnappte vor Zorn fast über und Tibor hörte seine stampfenden Schritte dicht hinter sich. Schatten tauchten vor ihm auf. Der Widerschein der Flammen brach sich plötzlich auf poliertem Leder und glänzendem Fell – die Pferde! Resnecs und seiner Begleiter Pferde und dazwischen die graue Stute, auf der Wirbe geritten war!

Ohne nachzudenken steuerte Tibor auf die Stute zu, sprang aus dem Lauf heraus in den Sattel und fiel fast auf der anderen Seite wieder herunter, als sich das Tier erschrocken aufbäumte. Im letzten Moment zog er sich in den Sattel zurück und fand festen Halt.

Aber die Bewegung verschaffte ihm für eine Sekunde Luft, denn auch Resnec versuchte erst einmal aus der Reichweite der wirbelnden Hufe zu kommen. Verzweifelt griff Tibor nach den Zügeln und versuchte das Tier herumzudirigieren. Die Stute schnaubte verängstigt. Doch schon war Resnec wieder heran.

»Bleib stehen!«, brüllte er. »Ich befehle dir: Bleib stehen!« Er schleuderte sein Schwert zu Boden und streckte die Rechte nach Tibor aus. Seine Finger schlossen sich in einer ganz langsamen, aber unglaublich kraftvollen Bewegung, als versuche er irgendetwas zu packen und zu zermalmen.

Tibors Pferd schnaubte vor Angst und Schmerz. Tibor wollte losgaloppieren, doch die Stute gehorchte ihm nicht. Er versuchte abzuspringen, doch er konnte sich nicht mehr bewegen. Seine Kehle war wie zugeschnürt. Mit einem Male schien sich eine unsichtbare Faust um ihn zu schließen. Er hatte das Gefühl, seine eigenen Rippen unter dem Druck knirschen zu hören, und bekam keine Luft mehr. Die Stute begann zu zittern. Was war das nur? Was für eine Macht verhinderte, dass er floh?

In diesem Augenblick geschah es: Ein weißer Schemen raste quer über den Anger heran und fegte Resnec von den Füßen. Der mörderische Druck erlosch von einer Sekunde auf die andere.

Tibor taumelte im Sattel. Ein Gesicht tauchte vor ihm auf und begann wieder zu zerfließen, als seine Sinne zu schwinden begannen. Er stöhnte, griff Halt suchend nach dem Sattelknauf und sank nach vorne, da seinen Händen plötzlich die Kraft fehlte, das Gewicht seines Körpers zu stützen.

Eine Hand ergriff ihn bei der Schulter und zerrte ihn grob in die Höhe und dann klatschte dieselbe Hand wuchtig in sein Gesicht. Der Schlag tat weh, aber er zerriss auch den Schleier aus Bewusstlosigkeit und Schwäche, der sich um seine Gedanken hatte legen wollen. Plötzlich war er ganz klar und er erkannte, dass es niemand anderes als Wolff gewesen war, der Resnec niedergeritten und ihn, Tibor, gerettet hatte.

»Alles in Ordnung?«, fragte der Rabenritter. Sein Atem ging schnell und Tibor sah, dass sein Gesicht trotz der Kälte vor Schweiß glänzte. Er wollte antworten, aber dazu fehlte ihm die Kraft und so nickte er nur.

»Gut!«, sagte Wolff gehetzt. »Und jetzt lass uns verschwinden, ehe er wieder wach wird.«

Tibor nickte benommen, griff mit zitternden Fingern nach den Zügeln und zwang die Stute, auf der Stelle kehrtzumachen.

Fast eine Stunde lang rasten sie durch die Nacht, vorbei an dem Bach, den Wolff als Treffpunkt genannt hatte, immer weiter nach Norden und tiefer in den Wald hinein, bis die Pferde nicht mehr konnten und schweißüberströmt und mit zitternden Flanken stehen blieben. Aber selbst dann gewährte Wolff ihnen noch keine Rast, sondern wich im rechten Winkel vom Weg ab und drang fast eine Meile weit quer durch Unterholz und Gestrüpp tiefer in den Wald hinein, bis er endlich anhielt und Tibor mit einer müden Geste bedeutete abzusteigen.

Tibor stieg mit zitternden Knien aus dem Sattel, wankte ein paar Schritte davon und ließ sich schweratmend gegen einen Baum sinken. Für einen Moment begannen sich der Wald und der Himmel um ihn zu drehen. Erst jetzt, als er endlich für einen Moment zur Ruhe kam, spürte er, wie sehr ihn die Flucht erschöpft hatte. Er schloss die Augen, lehnte den Kopf gegen die raue Baumrinde und sank langsam am Stamm des Baumes zu Boden. Schwäche schlug wie eine betäubende Woge über ihm zusammen. Er fror.

Als er die Augen wieder öffnete, sah er Wolffs Gesicht vor sich. Der junge Ritter hatte sich wie er an einen Baum gelehnt und wirkte noch erschöpfter und müder, als Tibor sich fühlte. Als er aber Tibors Blick auf sich gerichtet spürte, stemmte er sich hoch und raffte sich zu einem halbwegs gelungenen Lächeln auf, das Zuversicht ausstrahlen sollte.

»Ich glaube, hier sind wir erst einmal in Sicherheit«, sagte er matt. »Nicht einmal

Resnec wird uns hier finden. Wenigstens nicht gleich.«

»Dazu musstet Ihr uns nicht bis zum Ende der Welt jagen«, antwortete Tibor. Seine Stimme klang nicht halb so zornig, wie er es gerne gehabt hätte, sondern eher schwach und zitternd, aber Wolff wurde mit einem Male sehr ernst.

»Ich bin noch nicht einmal dazu gekommen, mich bei dir zu bedanken«, sagte er leise. »Aber ich tue es jetzt und hiermit. Danke.«

Tibor winkte ab. »Vergesst es.«

Wolff seufzte und blickte Tibor weiter wortlos und durchdringend an. Ein sonderbarer Ausdruck stand in seinen Augen, den sich Tibor nicht sofort erklären konnte. »Es tut dir Leid, dass du mir geholfen hast, wie?«, fragte er schließlich.

Tibor sah ihn irritiert an. Leid?, dachte er. Tat es ihm Leid, dass er den Ritter gewarnt hatte? Er dachte einen Moment über diese Frage nach und schüttelte schließlich stumm den Kopf. Nein, Leid tat es ihm nicht. Was er von Resnec gesehen und vor allem gespürt hatte, überzeugte ihn mehr denn je davon, dass es richtig gewesen war, sich auf Wolffs Seite zu schlagen. Aber die Rücksichtslosigkeit und Brutalität der Fremden erfüllten ihn mit Zorn und einer sonderbaren, nie gekannten Hilflosigkeit.

»Aber mir tut es Leid«, fuhr Wolff fort, als Tibor nicht antwortete. »Es tut mir Leid, dass ich dich in diese Sache hineingezogen habe. Resnec wird dich jetzt fast so sehr hassen wie mich.«

»Wer ... wer sind diese Männer, Herr?«, fragte Tibor.

Wolff machte eine wegwerfende Bewegung. »Vergiss den Herrn«, sagte er. »Du hast mir das Leben gerettet und dein eigenes riskiert. Mein Name ist Wolff. Und deiner?« Plötzlich lachte er leise. »Es ist verrückt, nicht? Ich weiß nicht einmal, wie du heißt.«

»Tibor«, antwortete der Junge. »Mein Name ist Tibor.«

»Tibor?« Wolff legte den Kopf auf die

Seite und blinzelte. Aus einem Grund, den Tibor nicht verstand, schien ihn sein Name zu amüsieren. »Sonst nichts?«

Tibor verneinte. »Sonst nichts. Nur Tibor, He... Wolff.«

Der junge Ritter lächelte flüchtig, wurde übergangslos wieder ernst und starrte an Tibor vorbei in die Nacht. Das Mondlicht spiegelte sich in seinen Augen. »Resnec«, murmelte er. »Du fragst, wer er ist, aber diese Frage ist nicht so leicht zu beantworten. Ich bin mir nicht sicher, ob es gut für dich wäre, zu viel von alledem zu wissen. Ich möchte dich nicht in einen Streit hineinziehen, der nicht der deine ist.«

Tibor lächelte bitter. »Bin ich nicht schon weit genug darin?«

Wolff schwieg einen Moment, dann nickte er, richtete sich ein wenig auf und lehnte den Kopf gegen den Baum. »Wahrscheinlich«, sagte er. »Und wahrscheinlich hast du auch ein Recht darauf, alles zu erfahren.«

»Diese Männer«, fragte Tibor stockend. »Waren das die ... Freunde, nach denen Ihr ...« Wolff blickte ihn strafend an, und Tibor verbesserte sich hastig: »Nach denen du dich erkundigt hast, heute Morgen?«

Wolff nickte. »Ja. Aber sie sind nicht meine Freunde.«

»Das habe ich gemerkt«, bemerkte Tibor spöttisch.

Wolff setzte zu einer Antwort an, sagte aber dann nichts, sondern blickte nur an Tibor vorbei in die Nacht. Seine Augen schienen ein wenig dunkler, trauriger zu werden, als er an die Vergangenheit dachte. »Ihr müsst nicht darüber reden, Herr, wenn es Euch unangenehm ist. Es geht mich nichts an«, sagte Tibor, nun absichtlich wieder die respektvolle Form der Anrede wählend, wie sie einem Ritter zukam.

Wolff lächelte nachdenklich, rupfte einen Grashalm aus und steckte ihn zwischen die Lippen, während er die Augen schloss. »Ich fürchte, seit heute Abend geht es dich wohl etwas an, Tibor«, antwortete er. »Und vielleicht tut es mir gut, endlich einmal mit jemandem über alles reden zu können.«

Er lächelte, aber es wirkte eher traurig. »Es ist nicht schön, wenn man dauernd auf der Flucht ist, weißt du?«, fügte er sehr leise hinzu.

Tibor nickte. Er konnte Wolff besser verstehen, als er ahnen mochte. Aber er schwieg und wartete geduldig, bis der junge Ritter von selbst weitersprach. »Ich bin der Sohn König Hektors von Rabenfels«, begann er. »Der einzige Sohn und der Erbe von Land und Burg.«

»Rabenfels?« Tibor runzelte die Stirn. »Wo liegt das?«

»In Riddermargh«, antwortete Wolff.

»Das ... kenne ich nicht«, gestand Tibor und Wolff nickte. »Das macht nichts«, sagte er. »Es ist sehr weit bis dorthin und Rabenfels ist ein sehr kleines Königreich, nicht viel mehr als ein Dutzend Ortschaften und die Burg, weißt du? Aber es ist ein friedliches Reich mit zufriedenen Untertanen. Wenigstens war es das, ehe Resnec kam«, fügte er mit veränderter, bitterer Betonung hinzu. Wieder brach er ab und diesmal sprach er nicht von sich aus weiter.

»Was hat er getan?«, fragte Tibor schließlich.

Wolffs Blick schien geradewegs durch ihn hindurchzugehen. »Nichts«, sagte er. »Nichts, was dich anginge, Tibor.« Er schien zu spüren, dass die ungeschickte Wahl seiner Worte Tibor verletzte, denn er lächelte und fügte sanfter hinzu: »Es ist nicht gut, zu viel zu wissen. Resnec hat uns Land und Besitz gestohlen und meinen Vater getötet und mehr kann ich dir nicht sagen. Ich würde dich nur unnötig in Gefahr bringen, würde ich dir mehr verraten.«

Er brach wieder ab und seine Lippen begannen zu zucken, als die Erinnerungen, geweckt durch die Worte, mit aller Macht von ihm Besitz ergriffen.

Tibor blickte den weiß gekleideten Ritter mit einer Mischung aus Furcht und Verwirrung an. Wolff hatte ihm lange nicht alles gesagt, das spürte er; aber er spürte auch, dass er im Moment nicht mehr von ihm erfahren würde, ganz egal, wie sehr er in ihn zu dringen versuchte. Selbst die wenigen Worte schienen schon mehr zu sein, als Wolff ihm eigentlich hatte verraten wollen.

»Und jetzt willst du zurück zur Burg Rabenfels«, murmelte er nach einer Weile.

Wolff starrte ihn einen Augenblick lang an und schüttelte dann den Kopf. Die Bewegung war voller Wut und Entschlossenheit und trotzdem wirkte sie gleichzeitig matt und kraftlos. »Nein«, sagte er niedergeschlagen. »Die Burg, auf der ich geboren wurde und aufgewachsen bin, existiert nicht mehr. Heute herrschen Resnec und seine Kreaturen über Riddermargh. Sie würden mich jagen und töten wie einen tollen Hund, wenn ich zurückginge.«

»Aber wenn ... wenn das stimmt, was du

erzählst«, sagte Tibor verwirrt, »warum bestraft dann niemand Resnec für den Mord an deinem Vater? Es gibt eine Gerechtigkeit.«

»Gerechtigkeit?« Wolff keuchte. Er sprach das Wort beinahe wie ein Schimpfwort aus. »O ja, vielleicht. Für die, die die stärksten Schwerter auf ihrer Seite haben, Tibor. Gerechtigkeit ist nicht mehr als ein schöner Traum. Es gab einmal Frieden und Gerechtigkeit in Riddermargh und dann ist Resnec gekommen und hat sich einfach genommen, was er wollte. Und keine Gerechtigkeit der Welt hat ihn daran gehindert. Und selbst wenn ich jemanden fände, der bereit wäre, ein Heer gegen ihn aufzustellen, wäre es aussichtslos. Ich bin hierher gekommen, um Hilfe für Riddermargh zu finden, aber ich habe eingesehen, dass es sinnlos wäre. Mit Gewalt ist er nicht zu besiegen.«

»Und ... warum nicht?«, fragte Tibor, obgleich er die Antwort zu ahnen begann. Aber er hatte Angst davor, Recht zu haben.

»Erinnere dich«, wich Wolff einer direkten Antwort aus, »du hast seine Macht gespürt, als er dich verfolgte.«

Tibor schauderte. O ja, er hatte sie gespürt – und er glaubte die unsichtbare Faust, die ihm das Leben aus dem Leib pressen wollte, noch jetzt zu spüren. Es war das mit Abstand Schrecklichste gewesen, was er jemals erlebt hatte.

»Ja«, murmelte er. »Aber ich weiß nicht, was ... was es war.«

»Wirklich nicht?«, fragte Wolff. Dann lachte er, wieder so bitter und hart wie zuvor. »Aber wie solltest du auch, wenn nicht einmal mein Vater und seine Ratgeber die Wahrheit erkannt haben. Dabei ist es so einfach, wenn man erst einmal bereit ist, es zu glauben.

Resnec ist ein Zauberer.«

Müdigkeit und Erschöpfung forderten schließlich doch ihren Tribut und Tibor fiel in einen tiefen Schlaf, aus dem er erst lange nach Sonnenaufgang erwachte – in kaltem Schweiß gebadet und mit dem üblen Nachgeschmack eines Albtraumes, an den er sich zwar nicht erinnern konnte, der aber sehr schlimm gewesen sein musste.

Von Wolff war keine Spur zu sehen, und als auch die letzte Benommenheit des Schlafes gewichen war, stellte Tibor fest, dass auch sein Pferd fehlte. An dem Busch, an dem sie am Abend zuvor ihre Pferde angebunden hatten, stand nur noch Wirbes Graustute. Das prachtvolle weiße Schlachtross des Rabenritters war verschwunden. Aber am Sattelzeug der Stute hing ein Zettel, offensichtlich eine Nachricht, die Wolff für ihn hinterlassen hatte. Das Problem, dachte Tibor bedrückt, ist nur, dass ich nicht lesen kann ...

Er löste das Pergament, das grob aus einem größeren Stück herausgerissen worden war, und drehte es hilflos in den Händen. Wolff hatte ein paar Zeilen in einer sehr kleinen, aber gestochen scharfen Handschrift für ihn hinterlassen. Unschlüssig sah Tibor sich um, drehte das Blatt noch einmal in den Händen und schob es schließlich mit einem resignierenden Seufzen unter sein Hemd. Dann band er die Stute los, schwang sich in den Sattel und dirigierte das Tier mit sanftem Schenkeldruck zurück in die Richtung, aus der sie am Abend zuvor gekommen waren.

Wolffs Spuren waren nicht zu übersehen. Der junge Ritter war auf demselben

Weg zurückgeritten, auf dem sie hierher gekommen waren. Aber in den frischen, in entgegengesetzter Richtung führenden Spuren hatten sich Tau und Feuchtigkeit gesammelt und glitzerten wie kleine, sichelförmige Spiegel. Tibor runzelte in Missbilligung die Stirn. Selbst einem weit weniger guten Fährtenleser als ihm wären Wolffs Spuren kaum entgangen. Der Rabenritter hatte sich alles andere als geschickt angestellt, und jetzt fiel ihm auch die fast linkische Art wieder ein, in der Wolff im Dorf um Lager und Essen eingekommen war. Wenn er sich immer so benahm, dachte Tibor, dann musste Resnec nicht einmal ein Zauberer sein, um ihn aufzuspüren.

Er erreichte den Waldweg, sah sich einen Moment unschlüssig um und seufzte. Er fühlte sich ziemlich hilflos. Wolff konnte weiß Gott wo sein. Vielleicht kam er zurück und hoffte, dass Tibor auf ihn wartete, aber vielleicht war er auch weitergeritten und der Zettel enthielt nichts als ein paar Worte des Dankes und seine besten Wünsche und Tibor konnte auf den Rabenritter warten, bis er schwarz wurde.

Schließlich zuckte er die Achseln, lenkte das Pferd nach Süden, zurück zum Dorf, und ritt los. Ein leises, nagendes Gefühl von Furcht begann sich in ihm breit zu machen, als er daran dachte, wie Wirbe wohl reagieren würde, wenn er zurückkam. Tibor hätte nicht in seiner Haut stecken mögen, nach der Enttäuschung, die Resnec am vergangenen Abend hatte hinnehmen müssen. Irgendwie ahnte er, dass der Magier seinen Zorn an Wirbe auslassen würde.

Resnec ... Der Gedanke weckte noch einmal etwas von dem Schauer, den er am vergangenen Abend gespürt hatte, als Wolff über den Mann mit der Narbe sprach. Ein Zauberer ... Obwohl er wusste, dass Wolff die Wahrheit gesagt hatte, fiel es ihm noch immer schwer, seinen Worten wirklich zu glauben. Natürlich hatte er von Zauberern und finsteren Magiern gehört – in den Märchen und Geschichten, die die Erwachsenen manchmal abends am Feuer erzählten – und in den Stücken, die Wirbe und Ola hier und da aufführten. In *Märchen.* Aber irgendetwas in ihm sträubte sich dagegen, die Vorstellung von einem Magier als *Wirklichkeit* zu akzeptieren.

Tibor wusste nicht, wie lange er schon unterwegs war, als er das Geräusch das erste Mal hörte. Der Wind hatte ihn mit dem gleichen, unheimlichen Heulen begrüßt, das er schon am Abend zuvor zu hören geglaubt hatte. Jetzt, im hellen Licht des Tages und frisch und ausgeruht, wie er war, hatte es viel von seinem Schrecken verloren und nach einer Weile hatte er es gar nicht mehr bewusst wahrgenommen. Doch jetzt mischte sich etwas anderes in die Geräuschkulisse des Waldes.

Tibor zügelte sein Pferd und sah sich misstrauisch nach allen Seiten um. Er vermochte das Geräusch nicht genau einzuordnen, ebenso wenig, wie er sagen konnte, woher es kam. Der Laut schien aus allen

Richtungen zugleich zu kommen und klang mal wie ein fernes Schleifen und Rascheln, mal wie das dumpfe Grollen eines Bären. Schließlich bildete er sich sogar ein, rasche, hechelnde Atemzüge zu hören.

Die Graustute begann nervös auf der Stelle zu tänzeln. Das Geräusch kam näher. Tibor konnte immer noch nicht sagen, woher es kam, nur klang es jetzt irgendwie ... drohender.

Langsam ließ er die Stute weitertraben. Irgendwo links hinter ihm knackte das Unterholz, aber als sich Tibor erschrocken umsah, erkannte er nichts als Bäume und verfilztes Buschwerk und dünnen, grauen Nebel, der wie träger Rauch auf den Weg hinaustrieb und wie mit vielfingrigen grauen Händen nach den Fesseln seines Pferdes zu greifen schien.

Aus irgendeinem Grunde machte ihm dieser Nebel Angst.

Er drehte sich wieder herum, schnalzte mit der Zunge und ließ die Stute nun schneller laufen. Aber der Nebel schien ihn zu verfolgen. Plötzlich quollen auch vor und über ihm graue Schwaden zwischen den Bäumen hervor und begannen den Weg einzuspinnen; gleichzeitig wurde das heulende Geräusch lauter. Und dann glaubte er ganz deutlich das Tappen von Pfoten zu hören.

Tibor musste mit aller Macht gegen den Wunsch ankämpfen, dem Pferd die Sporen zu geben und loszupreschen, so schnell er konnte. Aber der Nebel war mittlerweile so dicht geworden, dass der Weg nicht mehr zu sehen war. Das Pferd hätte stürzen und sich oder ihn verletzen können. Trotz seiner immer stärker werdenden Angst ritt er nur im Schritttempo nach Süden.

Dann, von einer Sekunde zur anderen, riss der Nebel auf. Der Weg und der Wald waren verschwunden.

Dort, wo sie eigentlich hätten sein sollen, erstreckte sich eine gewaltige, schneebedeckte Ebene. Weit, sehr weit im Süden waren die gezackten Grate eisgekrönter

Berge zu erkennen und am Himmel, der von einer ungewohnt kräftigen blauen Farbe war, leuchtete eine weiße Sonne wie ein blendendes Auge.

Tibor hielt abrupt an und starrte sekundenlang auf das unglaubliche Bild. Irgendwo in seinem Inneren erwachte eine leise, hysterische Stimme, die ihm zuflüsterte, dass das, was er sah, vollkommen unmöglich war, aber seine Augen behaupteten das Gegenteil und er spürte die Kälte und den eisigen Wind, der über den Schnee strich.

Hastig drehte er sich im Sattel herum. Hinter ihm stand der unheimliche Nebel, durch den sich die Schatten der Bäume wie schwarze Striche abzeichneten. Und als er sich wieder der Ebene zuwandte, waren diese und die sonderbare weiße Sonne verschwunden und auch vor ihm war wieder nichts als Nebel. Der Wind trug das Rascheln von Blättern und das Knacken von Astwerk mit sich ...

Dann war nur noch ein schweres, hechelndes Atmen zu vernehmen.

Tibor schrie auf, warf sich im Sattel nach vorne und trieb der Stute in heller Panik die Fersen in die Seite. Das Tier machte einen Satz in den Nebel hinein, warf mit einem schrillen, ängstlichen Wiehern den Kopf zurück und preschte los.

Er war noch keine fünf Minuten geritten, als er weit vor sich Hufschläge vernahm, gedämpft durch den aufgeweichten Morast des Weges, aber trotzdem nicht zu überhören. Erschrocken hielt er an, sah sich einen Moment um und lenkte die Stute schließlich in den Schutz eines Busches. Mit angehaltenem Atem wartete er. Sein Herz jagte, und seine Hand senkte sich auf den Griff des Schwertes, das er im Gürtel trug. Er bezweifelte, dass er sich damit wirksam verteidigen konnte, denn was immer da auf ihn zukam, war nicht von dieser Welt. Trotzdem war es ein beruhigendes Gefühl, nicht vollkommen wehrlos zu sein.

Die Hufschläge kamen rasch näher und im gleichen Maße begann sich der Nebel aufzulösen. Schon nach wenigen Augenblicken trieben nur noch wenige, dünne Schwaden in der Luft. Bäume und Blätter bekamen ihre normalen Farben zurück, und auch das heulende und tappende Geräusch war plötzlich nicht mehr zu hören. Dann tauchte eine weiß gekleidete Gestalt auf einem weißen Ross hinter der nächsten Wegbiegung auf. Tibor seufzte erleichtert, ließ die Stute hinter ihrer Deckung hervortreten und hob die Hand zum Gruß.

Wolff zügelte sein Pferd mit einer fast überhasteten Bewegung, seine Hand senkte sich auf das Schwert und ein Ausdruck von Schrecken huschte über seine Züge. Dann erkannte er Tibor, atmete hörbar auf und entspannte sich. »Tibor!«, sagte er überrascht. »Was tust du hier? Hast du meine Nachricht nicht gefunden?«

»Doch«, antwortete Tibor verlegen. »Es ist nur ... du warst nicht da und da dachte ich ...«

»Ich war noch einmal im Dorf«, unterbrach ihn Wolff ungeduldig. »Es hat länger gedauert, als ich gehofft hatte. Resnec ...« Er zögerte hörbar, bevor er das Wort aussprach, als hätte er in Wirklichkeit etwas ganz anderes sagen wollen, sich aber im letzten Augenblick noch eines Besseren besonnen. »... Resnecs Leute überwachen die ganze Gegend. Ich musste mich verstecken und auf eine günstige Gelegenheit warten, mich zu nähern.«

»Wie sieht es aus?«, fragte Tibor nervös. Sein Herz schlug noch immer wie wild und sein Blick tastete immer wieder über den Waldrand hinter dem Rabenritter. Seine Hände waren feucht vor Schweiß.

Wolff schwieg einen Moment, aber in seinen Augen blitzte ein dumpfer, nur mühsam unterdrückter Zorn. »Wie überall, wo Resnec auftaucht«, sagte er zornig. Seine Lippen waren zu einem schmalen Strich zusammengepresst, aber dann schien er zu bemerken, in welchem Zustand sich Tibor befand. »Was hast du?«, fragte er. »Du bist leichenblass, Tibor. Ist dir nicht gut?«

Tibor überlegte einen Moment, ob er Wolff von seinem seltsamen Erlebnis berichten sollte, entschied sich aber dann doch dagegen. Was immer es gewesen sein mochte: Er spürte, dass er in Wolffs Nähe sicher war. Und vielleicht hatte ihm auch nur seine eigene Fantasie einen Streich gespielt und alles, was er erreichte, war, sich kräftig zu blamieren.

»Es ist nichts«, sagte er und versuchte zu lächeln. »Ich war nur nervös, weil du nicht da warst. Ich bin ziemlich schnell geritten. Was ist mit dem Dorf?«

»Sie haben das Feuer unter Kontrolle gebracht«, antwortete Wolff zornig. »Aber drei oder vier Häuser sind völlig abgebrannt und sehr viele beschädigt. Resnecs Männer suchen mich überall. Ich fürchte, sie werden auch bald hierher kommen. Ich bringe dich in die nächste Stadt und setze dich in irgendeiner Herberge ab, wo du in Ruhe auf deine Leute warten kannst. Wenn Resnec dich in die Finger kriegt, dann ...«

Er sprach nicht weiter, aber das war

nicht nötig. Tibors Fantasie reichte durchaus sich vorzustellen, welches Schicksal ihn erwarten würde, fiele er in Resnecs Hände.

Eine Weile ritten sie schweigend nebeneinander her, aber als sie die Stelle passierten, an der sie am Abend zuvor in den Wald eingedrungen waren, blickte Wolff einen Moment lang nachdenklich auf die niedergetrampelten Büsche, sah dann zu Tibor auf und fragte: »Warum bist du mir gefolgt? Du hättest Resnecs Männern in die Hände fallen können. Ich habe doch eindeutig auf meinem Zettel geschrieben, dass du auf mich warten solltest.«

»Ich ... wollte nach dir sehen«, antwortete Tibor ausweichend. »Du bist lange fortgeblieben und ich wusste nicht, wo du warst.«

»Das stand auch auf meinem ...«, begann Wolff, brach plötzlich ab und sah Tibor stirnrunzelnd an.

»Du kannst nicht lesen«, sagte er schließlich.

Tibor senkte betreten den Blick. »Ja«, gestand er schließlich. »Ich ... habe es niemals gelernt. Aber ich kann eine Menge anderer Dinge, die viel nützlicher sind«, fügte er mit erhobener Stimme hinzu. »Ich kann kochen und Kleider nähen und flicken und klettern wie eine Bergziege. Wozu soll ich lesen können?«

»Zum Beispiel, um nicht ganz aus Versehen ins Verderben zu reiten, weil du eine geschriebene Warnung nicht verstehst«, erwiderte Wolff trocken. Tibor wollte auffahren, aber der junge Ritter hob besänftigend die Hände und sagte rasch: »Schon gut, Tibor. Ich wollte dich nicht beleidigen. Entschuldige. Manchmal vergesse ich, dass nicht jeder als Sohn eines Königs aufwächst. Einen Gaukler zum Vater zu haben ist vielleicht auch nicht das Schlechteste.«

»Wirbe ist nicht mein Vater«, sagte Tibor, ohne Wolff dabei anzusehen. Warum fiel es ihm plötzlich so schwer, über Wirbe zu reden? Und woher kam dieses schlechte, quälende Gefühl, ein Gefühl, als hätte er Wirbe an den Galgen gebracht? »Ich ... kenne meine Eltern nicht«, fügte er etwas leiser hinzu. »Ich weiß nichts von ihnen. Nicht einmal ihren Namen.«

Wolff runzelte die Stirn und sah plötzlich beinahe verlegen drein.

Tibor empfand keinen Schmerz oder Verbitterung, wenn er an seine Eltern dachte. Er hatte sie niemals kennen gelernt und aus diesem Grunde eigentlich auch niemals vermisst. Jedenfalls versuchte er sich das einzureden.

»Das tut mir Leid«, sagte Wolff nach einer Weile. »Sind sie ... gestorben?«

Tibor zuckte mit den Achseln. »Ich weiß es nicht«, sagte er. »Niemand weiß, wer meine Eltern sind. Ich wuchs bei einer Bauersfamilie auf, aber auch die kannte meine Eltern nicht.«

»Aber wie bist du dorthin gekommen?«, fragte Wolff.

Tibor zuckte abermals mit den Achseln. »Soweit ich weiß, fanden mich meine

Zieheltern eines Morgens vor ihrer Haustür. Allein und in einem kleinen Korb.« Er lächelte flüchtig. »Alles, was ich bei mir hatte, war ein Zettel mit meinem Namen darauf und ein bisschen Gold, wohl damit ich den Bauern nicht zu sehr auf der Tasche liegen musste.«

»Gold?«, Wolff runzelte die Stirn. »Aber das hieße, dass dich deine Eltern nicht ausgesetzt haben, weil sie zu arm gewesen wären, dich zu ernähren.«

»Vielleicht«, murmelte Tibor ausweichend. »Ich habe nie darüber nachgedacht, wenn ich ehrlich sein soll. Es führt zu nichts.«

Wolff blickte ihn irritiert an. »Tibor«, murmelte er. »Das ist ... kein gewöhnlicher Name.«

»Möglich«, gestand Tibor. »Es war ein Zettel in meinem Korb, aber niemand vermochte die Schrift darauf zu lesen. Aber das Wort Tibor kam ein paar Mal darin vor. So haben sie mich auf diesen Namen getauft.«

Wolff sah mit einem Male sehr nachdenklich drein. »Wie alt bist du?«, fragte er plötzlich.

»Fünfzehn«, antwortete Tibor. »Ungefähr wenigstens.« Wolff runzelte die Stirn und Tibor fügte erklärend hinzu: »Niemand weiß, wie alt ich genau war, als man mich fand. Vielleicht ein Jahr, vielleicht ein paar Monate jünger oder älter. Aber seither sind vierzehn Jahre vergangen.«

»Und dann bist du bei den Gauklern aufgewachsen«, sagte Wolff, aber Tibor schüttelte abermals den Kopf.

»Aufgewachsen bin ich auf einem Hof weit oben im Norden, in den Bergen, wo oft Schnee liegt und die Sommer kurz sind«, erzählte er. »Zu den Gauklern bin ich erst später gekommen. Vor sechs Jahren – sieben werden es im kommenden Herbst. Wirbe kam eines Tages auf den Hof, auf dem ich lebte, und hat mich gekauft.«

»Gekauft?« Wolff ächzte. »Wie kann man einen Menschen kaufen?«

»Man kann«, erwiderte Tibor und eine Spur von Bitterkeit machte sich in seinem Inneren breit und musste wohl auch in seinen Worten mitschwingen, denn Wolff senkte plötzlich den Blick und sah weg.

»Die Bauersleute, bei denen ich aufwuchs«, fuhr Tibor fort, »waren sehr arm. Sie nahmen mich auf, weil ich eine Waise war und sie ein nur ein paar Monate altes Kind nicht verhungern lassen wollten. Dabei gab ihr Hof gerade genug für sie und ihre eigenen Kinder her; manchmal nicht einmal das. Oft hatten sie selbst nicht genug zu essen. Sie waren wahrscheinlich froh, ein Maul weniger zu haben, das gestopft werden musste. Und Wirbe brauchte damals einen Gehilfen. Er hat ihnen ein bisschen Geld gegeben und mich mitgenommen.

»Einfach so?«, fragte Wolff leise. »Es hat dir ... nichts ausgemacht?«

Tibor schwieg eine Weile. Wolff fragte aus reiner Freundlichkeit, das wusste er, und wenn er sich nach seiner Vergangenheit erkundigte, dann vielleicht nur, um sein Vertrauen zu gewinnen. Aber er mochte nicht darüber sprechen, nicht jetzt und eigentlich nie, denn er hatte dabei immer das Gefühl, die Gespenster der Vergangenheit wieder zum Leben zu erwecken, allein, weil er über sie redete.

»Nein«, sagte er schließlich. »Ich lebe bei Wirbe und habe zu essen und immer ein warmes Plätzchen, selbst im Winter. Das ist mehr, als ich vorher hatte. Und wir sind frei.«

Wolff schüttelte den Kopf. »Eine sonderbare Welt ist das«, murmelte er. Tibor verstand nicht, was er damit meinte, und sah ihn fragend und ein bisschen verwirrt an, aber Wolff tat so, als bemerke er es nicht, und fuhr fort: »Hast du deine Eltern niemals vermisst?«

»Wie könnte ich?«, erwiderte Tibor und wieder glaubte er, einen kleinen Stich irgendwo tief drinnen in seiner Brust zu spüren. Aber er ließ sich nichts anmerken, sondern lächelte sogar. »Man kann nicht vermissen, was man niemals kennen gelernt hat, nicht? Ich bin zufrieden mit dem Leben, das ich führe.«

Das war eine Lüge und Wolff musste es genau spüren. Aber er schwieg und sie sprachen das Thema auch während des ganzen Tages nicht mehr an.

Kurz bevor die Sonne unterging, erreichten sie die Stadt. Der Wald, der ihren Weg den ganzen Tag über wie eine massive grüne Mauer zu beiden Seiten des Pfades gesäumt hatte, wich mit einem Male zur Seite und der schlammige Weg mündete wie ein Bach, der sich in einen größeren Fluss ergießt, in eine breite, gepflasterte Straße. Eine Straße, die einen Hügel hinauf- und auf der anderen Seite wieder herabführte und in nicht allzu großer Entfernung vor den Toren einer mittelgroßen, von einer mächtigen grauen Wehrmauer umschlossenen Stadt endete.

Tibor zügelte sein Pferd und fiel ein Stück zurück. Der Tag war lang und anstrengend gewesen. Er fühlte sich müde und vor allem hungrig und die Stadt dort vorne versprach ein weiches Bett, Essen und einen warmen Platz an einem Herd. Und trotzdem sträubte sich alles in ihm weiterzureiten.

Er ließ die Stute langsamer gehen und fiel zurück. Schließlich hielt auch Wolff sein Pferd an und drehte sich im Sattel herum. »Was hast du?«, fragte er. »Wir müssen uns beeilen, damit wir noch in die Stadt kommen, ehe sie die Tore schließen.«

»Ich ... möchte nicht dorthin«, sagte Tibor stockend.

Wolff runzelte die Stirn, blickte noch einmal rasch zur Stadt hinter dem Hügel hinüber und kam dann zu ihm zurückgeritten.

»Was soll das heißen?«, fragte er. »Wir können nicht unter freiem Himmel schlafen. Wir haben keine Zelte und nichts zu essen. Dort drüben gibt es ein Gasthaus und gute Mahlzeiten. Ich werde für dich bezahlen und Männer ausschicken, die deinen Leuten Bescheid sagen, wo sie dich abholen können, sobald Resnec und seine Mörderbande weitergezogen sind.«

»Ich weiß«, murmelte Tibor. »Aber ich ...« Er stockte, versuchte vergeblich Wolffs Blick standzuhalten und fuhr leise und mit vor Aufregung zitternder Stimme fort: »Aber ich will nicht zu ihnen zurück, Wolff.«

Wolff atmete scharf ein, aber es dauerte fast eine halbe Minute, ehe er fragte: »Und was willst du dann?«

»Ich ... ich möchte viel lieber ...«, stammelte Tibor. »Ich meine, könnte ich nicht ... bei dir bleiben? Du bist ganz allein und du könntest einen wie mich bestimmt gebrauchen.«

Wolff antwortete nicht und Tibor, der sein Schweigen falsch deutete, fuhr aufgeregt fort: »Ich könnte dein Knappe sein, wenigstens, bis du den Rabenfels zurückerobert hast. Du wirst Hilfe brauchen und ich kann dir bestimmt nützlich sein. Und ich verlange keine Bezahlung, nur mein Essen und ein wenig Hafer für mein Pferd.«

Wolff starrte ihn an. »Das habe ich befürchtet«, murmelte er. »Genau das habe ich kommen sehen.«

»Was ... was meinst du?«, fragte Tibor schüchtern.

»Ich habe geahnt, dass du diese Frage stellst«, sagte Wolff. Sein Gesicht war sehr ernst. »Wie stellst du dir das vor, Tibor? Dass ich Seite an Seite mit dir nach Rabenfels reite? Glaubst du, ich brauche dich nur ein paar Wochen zu unterrichten, um einen Ritter aus dir zu machen, der ruhmreiche Schlachten schlägt und einen Drachen zum Frühstück besiegt?« Der Spott in seiner Stimme tat weh und Tibor spürte, dass Wolff dies beabsichtigte.

»So ähnlich stellst du dir das Leben eines Ritters doch vor, nicht?«, fuhr Wolff fort. »Aber so ist es nicht. Ich bin nicht sehr viel älter als du, Tibor, aber ich habe den größten Teil meiner letzten Jahre damit zugebracht, wegzulaufen und mich zu verstecken. Glaubst du denn, Resnec und seine Leute wären durch einen reinen

Zufall im Dorf erschienen?« Er schüttelte heftig den Kopf. »Sie jagen mich«, fuhr er fort. »Sie hetzen mich seit Monaten wie einen Hasen und ich tue nichts anderes, als vor ihnen davonzulaufen und mir immer neue Löcher zu suchen, in denen ich mich verkriechen kann.«

»Aber gestern Abend hast du noch erzählt, du wärest hier, um Hilfe zu holen.«

»Das war ich auch, zuerst«, antwortete Wolff und mit einem Male klang seine Stimme sehr leise und traurig. »Aber was man will und was man kann, Tibor, das sind nicht immer dieselben Dinge. Im Grunde genommen bin ich noch immer auf der Suche nach jemandem, der stark genug ist, Resnec zu besiegen und Land und Leute von seiner Tyrannei zu befreien. Vielleicht werde ich eines Tages wieder in der Thronhalle der wieder aufgebauten Burg Rabenfels stehen. Aber wahrscheinlicher ist, dass mich zuvor ein Pfeil aus dem Hinterhalt trifft oder mich einer von

Resnecs Häschern im Schlaf erschlägt. Glaube mir – ich weiß, was jetzt in dir vorgeht. Du hast den ganzen Tag über darüber nachgedacht, nicht wahr?«

Tibor nickte.

»Als ich so alt war wie du, da habe ich ebenso gedacht«, sagte Wolff leise und berührte ihn an der Schulter. »Auch für mich gab es keinen größeren Traum als den, ein Ritter zu werden. Ein strahlender weißer Ritter auf einem weißen Pferd.« Er lachte bitter. »Die Rüstung und das Pferd habe ich bekommen, aber glaube mir, ich würde liebend gerne mit dir tauschen. Träume«, fügte er mit einer sonderbaren Betonung hinzu, »sind meistens nur so lange schön, wie sie Träume bleiben. So manch einer, der sie wahr machen wollte, hat plötzlich festgestellt, dass sie zum Albtraum für ihn wurden.«

Tibor sah ihn so fest an, wie er konnte. Seine Augen brannten plötzlich. »Aber wenn Resnec wirklich so gefährlich ist, wie du sagst«, sagte er in einem letzten, vergeblichen Versuch Wolff doch noch umzustimmen, »dann ist es doch noch viel wichtiger, dass du Hilfe hast.«

»Und dabei dein Leben in Gefahr bringe?« Wolff schüttelte entschieden den Kopf. »Einmal wärst du beinahe umgekommen, Tibor – hast du das schon vergessen? Was zwischen Resnec und mir ist, geht nur uns beide etwas an, niemanden sonst. Ich weiß, dass dein Angebot ehrlich gemeint ist, aber ich kann es nicht annehmen. Selbst wenn du älter und erfahrener wärst, würde ich so antworten müssen. Ich könnte dich nicht einmal mitnehmen, wenn ich es wollte, Tibor.« Er hob rasch die Hand, als Tibor ihn unterbrechen wollte, und fuhr mit leicht erhobener Stimme und einem verständnisvollen Lächeln fort: »Du bewunderst mich und hältst mich für einen Helden, der dich gegen jede Gefahr der Welt beschützen kann. Aber in Wirklichkeit bin ich es, der Hilfe braucht. Glaube mir, Tibor – es wäre nicht gut. Nicht für dich und auch nicht für mich. Und jetzt komm, ehe sie die Tore schließen.«

Wolff wendete sein Pferd und ritt langsam weiter und nach einer Sekunde des Zögerns folgte ihm Tibor niedergeschlagen und von einem Gefühl hilflosen Zornes auf sich selbst erfüllt. Er hatte geahnt, dass das Gespräch so oder ähnlich enden würde, und er hatte während der letzten Stunden an kaum etwas anderes gedacht als daran, wie er Wolff am besten seinen Vorschlag unterbreiten sollte. Jedes einzelne Wort hatte er sich zurechtgelegt, jeden Satz, jede Antwort auf jede nur denkbare Frage – und jetzt war sein Gedächtnis wie leer gefegt. Vielleicht weil er spürte, dass Wolff mit jedem Wort Recht hatte.

Das restliche Stück Weg legten sie schweigend zurück. Gerade noch rechtzeitig erreichten sie die Stadt. Die Wächter waren gerade dabei, die Tore zu schließen, und überall in den Häusern rechts und links der schmalen grauen Straßen gingen bereits die Lichter an. Tibor kannte die

Stadt nicht, aber sie unterschied sich nicht sehr von den anderen Städten, in die er bisher gekommen war. Sie war groß, laut und schmutzig und roch schlecht. Er hatte ständig das Gefühl, ersticken zu müssen, und die Wände der hohen, drei- und mehrstöckigen Gebäude schienen sich um ihn herum zusammenzuziehen.

Sie ritten bis zu einem großen Platz in der Mitte der Stadt, wo Wolff einen Mann nach dem Weg fragte, drangen dann in eine schmale Gasse ein und stiegen ganz an ihrem Ende vor einem spitzgiebligen, heruntergekommenen Gasthaus aus den Sätteln. Ein zerlumpt aussehender Kerl führte ihre Pferde fort, während Tibor hinter Wolff gebückt durch die niedrige Tür trat.

Im ersten Moment konnte er kaum etwas sehen. Die Gaststube war klein, aber bis zum Bersten gefüllt, und durch die schmutzstarrenden Fenster fiel nur wenig Licht herein, das zudem noch zum Großteil von den Rauchwolken, die die Luft schwängerten, aufgesogen wurde. Ein unbeschreibliches Gemisch aus Bier- und Essensgeruch, Schweiß und abgestandenem Rauch nahm ihm schier den Atem.

»Bleib immer dicht hinter mir«, sagte Wolff. »Ich rede mit dem Wirt.«

Es dauerte eine Weile, bis sie sich durch die Menge der grölenden Zecher zu der niedrigen Theke am anderen Ende des Schankraumes durchgekämpft hatten, und dann verging noch einmal eine gute Minute, ehe der Wirt – ein kleiner, schmuddeliger Mann mit gierigen Augen und Hängebacken, die ihn wie eine missgelaunte Bulldogge aussehen ließen – auf Wolffs Winken reagierte und mit kurzen Schritten herbeigewatschelt kam.

»Ich brauche ein Zimmer«, sagte Wolff. »Für ein paar Tage. Eine Woche, allerhöchstens.«

»Ist keins frei«, antwortete der Wirt. »Nicht für so lange.«

Wolff runzelte die Stirn, griff wortlos unter seinen Gürtel und förderte einen Golddukaten zu Tage. Die Augen des Wirtes glänzten vor Gier, als er die Münze vor ihm auf die Theke legte. Er wollte danach greifen, aber Wolff schlug seine Hand beiseite und schüttelte den Kopf. »Das Zimmer ist nicht für mich«, sagte er, »sondern für den Jungen hier.« Er deutete auf Tibor. »Ich selbst reise noch heute Abend weiter, aber ich möchte, dass Ihr auf den Knaben Acht gebt, bis seine Familie nachkommt.«

Der Wirt überlegte. Sein Blick blieb unverwandt auf die schimmernde Goldmünze in Wolffs Hand gerichtet. »Und wann wird das sein?«, fragte er.

Wolff zuckte mit den Achseln. »In ein paar Tagen«, antwortete er. »Allerhöchstens in einer Woche. Für sieben Übernachtungen und drei warme Mahlzeiten am Tag ist das wohl genug, denke ich. Und wenn Ihr Glück habt, kommen sie schon morgen und Ihr habt das Geld an einem Tag verdient. Nun?«

Der Wirt nickte. »Aber er muss in der Küche beim Gesinde schlafen«, sagte er. »Ich habe keine Zimmer mehr frei. Der

Markttag steht vor der Tür und die Leute kommen aus allen Teilen des Landes.«

»Das macht nichts«, sagte Wolff, schob dem Wirt die Münze zu und unterdrückte ein Lächeln, als dieser das Goldstück mit einer hastigen Bewegung ergriff und unter seiner schmierigen Schürze verschwinden ließ. »Die einzige Bedingung«, fuhr Wolff fort, »ist, dass Ihr mir gut auf den Jungen Acht gebt. Ich werde wiederkommen, und wenn ich hören sollte, dass Ihr ihn nicht gut behandelt oder gar betrogen habt, ziehe ich Euch zur Verantwortung.«

»Ich werde ihn behandeln, als wäre er mein eigener Sohn, Herr«, versprach der Wirt überschwänglich. Tibor war sich nicht ganz sicher, ob er sich über dieses Versprechen wirklich freuen sollte, aber Wolff schien damit zufrieden, denn er ergriff ihn bei der Schulter und deutete auf einen freien Tisch in der äußersten Ecke der Gaststube. »Und jetzt bringt uns Essen und Wein«, sagte er. »Und einen Krug Milch für den Jungen.«

Der Wirt entfernte sich hastig und Wolff und Tibor drängelten sich erneut zwischen den Zechern hindurch zu dem kleinen Tisch in der Ecke. Wolff setzte sich so, dass er die Wand im Rücken hatte und die gesamte Gaststube im Auge behielt, und Tibor sah, wie er jeden einzelnen hier drinnen gründlich musterte. Er wirkte angespannt, irgendwie sprungbereit, wie ein Tier, das den Feind wittert, ihn aber nicht zu sehen vermag.

Nach einer Weile kam der Wirt und brachte ein Tablett mit gebratenem Fleisch und Brot und kurz darauf zwei Krüge, einen mit Wein für Wolff, einen zweiten mit frischer Milch für Tibor. Sie aßen schweigend und Tibor spürte erst jetzt wieder, wie hungrig er war, denn die letzte richtige Mahlzeit lag mehr als einen Tag zurück. Auch Wolff griff kräftig zu und schon nach kurzer Zeit war der Braten verschwunden und auch von dem Brot waren nur noch Krümel geblieben, die Tibor sorgsam mit dem nass geleckten Zeigefinger auflas. Wolff sah ihm lächelnd dabei zu, winkte aber ab, als der Wirt kam und seinen Weinkrug nachfüllen wollte.

Tibor wartete, bis sie wieder allein waren, dann versuchte er ein letztes Mal, Wolff umzustimmen, und sagte: »Ich … ich möchte wirklich nicht hier bleiben, Wolff. Ich könnte dich doch begleiten und selbst nach Wirbe suchen.«

Wolff schüttelte den Kopf, seufzte und verbarg für einen Moment das Gesicht zwischen den Händen. Er sah sehr müde aus. »Nein«, sagte er. »Ich reite allein.«

»Und wirklich schon heute?«, fragte Tibor leise.

Wolff nickte. »Noch heute Abend«, bestätigte er. »Ich muss Resnec folgen – oder vor ihm fliehen, je nachdem. Aber keine Sorge, vorher schicke ich noch nach deinen Leuten und sorge dafür, dass sie dich abholen.« Er griff nach seinem Becher, drehte ihn einen Moment unschlüssig in der Hand und stellte ihn zurück, ohne getrunken zu haben.

»Hast du Angst?«, fragte er plötzlich.

»Angst?«, Tibor schüttelte den Kopf, biss sich auf die Unterlippe und nickte dann zögernd. »Ja«, gestand er. »Wirbe wird … wird mich sicher schlagen, weil ich ihn verraten habe. Aber ich werde es schon überleben.« Beim Gedanken an Wirbe packte ihn Zorn. »Ich begreife es immer noch nicht«, sagte er heftig. »Ich begreife nicht, dass er dich verraten hat. Er ist … ein Schlitzohr, vielleicht sogar ein Dieb. Es sollte mich nicht wundern, wenn er eines Tages am Galgen endet, weil er mit der Hand in einem fremden Beutel erwischt worden ist. Aber einen Menschen verraten …« Er schüttelte heftig den Kopf. »Ich will nicht zurück zu ihm.«

Wolff seufzte. »Er kann nichts dafür«, sagte er leise.

Tibor blickte ihn verwirrt an, aber Wolff nickte nur. »Ich meine es ernst«, sagte er. »Glaube mir – ich kenne Resnec besser als irgendein anderer. Ein Mann wie dein Herr ist ihm nicht gewachsen. Es war nicht die

Verlockung des Goldes, die ihn dazu gebracht hat, mich zu verraten. Es war Resnecs finstere Macht. Niemand ist ihr gewachsen. Nicht einmal mein Vater war es, vergiss das nicht.«

Tibor antwortete nicht und wieder breitete sich ein langes, unangenehmes Schweigen zwischen ihnen aus. Plötzlich sah Wolff auf, griff unter seinen Gürtel und fragte: »Wie viel Geld hat Resnec Wirbe geboten, dass er mich verrät?«

»Fünf ... fünf Golddukaten«, stotterte Tibor verwirrt. »Warum?«

Wolff kramte einen Moment in seinem Gürtel, beugte sich vor und schob die zur Faust geballte Hand über den Tisch. »Nimm«, flüsterte er.

Tibor gehorchte instinktiv und tat so, als schüttele er Wolff zum Abschied die Hand. Er fühlte kaltes Metall auf der Haut.

» Was ... ist das?«, murmelte er.

Wolff deutete ein warnendes Kopfschütteln an. »Nicht so laut«, zischte er. »Es ist Gold. Sechs Goldstücke – eines mehr, als Resnec für mich bezahlt hat. Gib sie Wirbe.«

»Aber das ist ...«, protestierte Tibor, wurde aber schon wieder von Wolff unterbrochen.

»Das ist die Summe, die Wirbe durch deinen Verrat verloren hat, und noch eine schöne Stange Geld obendrein. Gib es ihm und er wird dich nicht bestrafen. Und achte darauf, dass niemand hier in der Stadt erfährt, wie viel Geld du bei dir hast, sonst ist dein Leben keinen roten Heller mehr wert«, fügte er warnend hinzu.

Tibor verbarg das Geld hastig unter seinem Hemd. Warum weigerte er sich nicht einfach, Wolffs Befehl zu gehorchen, und folgte ihm, sobald er das Gasthaus verlassen hatte?

»Ich muss jetzt fort«, sagte Wolff plötzlich. »Denk an meine Worte. Das Beste wird sein, du bleibst hier im Haus, bis du abgeholt wirst. Aber verlass unter keinen Umständen die Stadt, ganz egal, was geschieht.« Er stand auf, zerstrubbelte

Tibor das Haar und lächelte. »Noch einmal vielen Dank für alles, Junge«, sagte er. »Und alles Gute.«

»Sehen ... sehen wir uns wieder?«, fragte Tibor.

»Kaum«, antwortete Wolff ernst. »Es wäre nicht gut. Wenn du noch einen guten Rat von mir zum Abschied haben willst, dann vergiss, dass du mich jemals getroffen hast, Junge.«

Und damit wandte er sich um und verschwand in der Menge, noch ehe Tibor Gelegenheit fand, ein einziges Wort des Abschieds zu sagen.

Obwohl er innerlich aufgewühlt war wie niemals zuvor in seinem Leben, schlief Tibor tief und fest in dieser Nacht, und als er am nächsten Morgen vom Klappern der Töpfe und dem Schnattern der Diener und Mägde, die die Küche bevölkerten, auf seinem Strohsack erwachte, fühlte er sich ausgeruht und frisch. Er frühstückte trockenes Brot und eine Schale mit bereits halb sauer gewordener Milch, die ihm der Wirt gab, ging danach aus dem Haus und verbrachte den Vormittag damit, ziellos durch die Stadt zu strolchen und sich umzusehen. Die Straßen erschienen ihm jetzt, im hellen Licht des Tages betrachtet, noch trister und grauer als am Abend zuvor. Das Einzige, was seine Laune – wenn auch nur für kurze Zeit – ein wenig aufhellte, war der Anblick des Marktes. Der große, runde Platz in der Mitte der Stadt, der am Abend zuvor noch leer gewesen war, begann sich jetzt mit Ständen zu füllen: Händler fuhren ihre Wagen an vorbestimmte Plätze, das Hämmern und Sägen der Zimmerleute vermischte sich mit dem vielfältigen Stimmengewirr der Menschen. Überall wurden bunte Tücher und Zeltplanen ausgerollt: Wie der Wirt gesagt hatte, stand der Markttag bevor und die Vorbereitungen liefen auf Hochtouren.

Aber der Anblick weckte auch unangenehme Erinnerungen in ihm, und so wandte er sich nach kaum zehn Minuten von dem Schauspiel ab und ging niedergeschlagen und gedankenverloren zum Gasthaus zurück. Er erkundigte sich beim Wirt, ob irgendjemand nach ihm gefragt habe, wurde aber zur Antwort nur angeraunzt und grob aus dem Weg gestoßen. Nachdem er ein ebenso schmales wie schlechtes Mittagsmahl eingenommen hatte, verließ er das Gasthaus wieder. Wenigstens in einem Punkt hatte der Wirt die Wahrheit gesagt: Er behandelte ihn tatsächlich besser als seinen eigenen Sohn, denn der Bursche – ein rothaariger Junge in Tibors Alter – bekam ebenso schlechtes Essen und musste zudem den ganzen Tag schuften wie ein Sklave.

Erst als die Sonne sank, kehrte Tibor in die Gaststube zurück, schwatzte dem Wirt einen Becher mit süßem Dünnbier ab und verzog sich in die Küche, weil ihm der Lärm und der Anblick der Zecher draußen im Schankraum zuwider war.

Niedergeschlagen hockte er sich auf seinen Strohsack, nippte ab und zu an dem schalen Bier und sah den beiden Mägden zu, die vor der qualmenden Feuerstelle schwitzten und aus den Abfällen, die sie in der Speisekammer fanden, einigermaßen genießbare Mahlzeiten zu zaubern versuchten. Vielleicht, überlegte er spöttisch, während er ihrem stummen Treiben zusah, betrog ihn der Wirt ja gar nicht. Vielleicht war das Essen hier einfach so schlecht.

Es musste auf zehn zugehen, als der Wirt plötzlich in die Küche gestürmt kam und Tibor mit ungeduldigen Gesten bedeutete, aufzustehen und ihm zu folgen. »Da draußen sind zwei für dich«, sagte er. »Wahrscheinlich die, die der Ritter geschickt hat. Sie fragen nach einem Gauklerjungen – das bist du doch, oder?«

Die Gaststube war so überfüllt wie am Vortag und die Luft schien noch verräucherter zu sein. An der schmierigen Theke drängten sich die Zecher in Dreierreihen und mehr als ein Ellbogen bohrte sich schmerzhaft in seine Rippen, während er dem Wirt zu dem Tisch folgte, an dem Wolff und er am Abend zuvor gesessen hatten. Jetzt hockten zwei Männer in erdbraunen Umhängen auf den Stühlen, der eine klein und einäugig und mit einem Gesicht, das Tibor an das einer Ratte erinnerte, der andere das genaue Gegenteil: ein breitschultriger Hüne mit harten, kantigen Zügen, dunklen, stechenden Augen und vollem schwarzem Haar, das bis über die Schulter herabfiel.

Der Wirt versetzte Tibor einen derben Stoß, der ihn auf einen der Stühle plumpsen ließ. »Ist er das?«, fragte er, sich an den Kerl mit dem Rattengesicht wendend.

Der Mann sah Tibor kurz an, zuckte mit den Achseln und blinzelte. »Das weiß ich nicht. Wenn sein Name Tibor ist und er zu den Gauklern gehört, ja. Stimmt das?« Die letzten Worte waren an Tibor gerichtet.

Tibor nickte impulsiv und ein dünnes, hässliches Lächeln huschte über die Züge des Rattengesichtes. »Dann bist du der, den wir suchen«, sagte er. »Das ging ja schneller, als ich zu hoffen wagte. Leicht verdientes Geld, scheint mir.« Er schenkte seinem breitschultrigen Gegenüber ein sonderbar triumphierendes Grinsen, sah zum Wirt hoch und hob zwei Finger. »Bringt zwei Becher mit Wein, Wirt«, sagte er. »Aber verwässert ihn nicht.«

Der Wirt wollte sich entfernen, aber der Schwarzhaarige hielt ihn am Arm zurück, schüttelte den Kopf und warf dem Rattengesicht einen missbilligenden Blick zu. »Tut mir Leid«, sagte er. »Aber dafür ist keine Zeit mehr. Wir müssen weg, ehe sie die Tore schließen. Oder willst du bis morgen früh warten?«

Das Rattengesicht schüttelte den Kopf und der Wirt trollte sich fluchend davon, enttäuscht, kein Geschäft machen zu können.

Tibor sah ihm mit gemischten Gefühlen nach. Einerseits war er froh, endlich aus diesem stinkenden Loch verschwinden zu können – auch wenn dieser Betrüger von Wirt dabei wahrscheinlich das Geschäft seines Lebens machte –, aber auf der anderen Seite ...

Tibor mochte die beiden Männer nicht. Sie waren ihm unsympathisch und es lag nicht nur an dem unangenehmen Äußeren des Rattengesichtes. Es war irgendetwas an ihnen, das ihn störte. Er konnte das Gefühl nicht in Worte kleiden, selbst es gedanklich klar zu erfassen gelang ihm nicht.

»Schickt Euch Wolff?«, fragte er zögernd.

Das Rattengesicht nickte. »Ja. Er sagt, wir sollen dich so schnell wie möglich zu deinen Leuten bringen. Wenn der junge Herr nichts dagegen hat, heißt das«, fügte er spöttisch hinzu.

Der Schwarzhaarige lachte, als er sah, wie Tibor nach den Worten des Rattengesichtes ängstlich und misstrauisch zugleich die beiden musterte. Er legte ihm beruhigend die Hand auf die Schulter und schüttelte den Kopf. »Nimm es Gisbert nicht übel, Kleiner«, sagte er gutmütig. »Er hat eine seltsame Art von Humor. Es sollte mich nicht wundern, wenn ihm eines Tages einer die Kehle durchschneidet, weil er seine Witze nicht komisch findet. Aber er hat schon Recht. Wir müssen uns beeilen, wenn wir noch aus der Stadt heraus wollen. Kannst du reiten?«

Tibor nickte verwirrt und der schwarzhaarige Riese stand auf und deutete einladend zur Tür. »Das ist gut. Unsere Pferde stehen draußen und wir haben auch ein Tier für dich mitgebracht. Nun komm!«

Tibor gehorchte, aber das bohrende Misstrauen in seinem Inneren wurde stärker. Wieso fragte er ihn, ob er reiten konnte? Wirbe musste vor Wut schäumen, weil er seine Graustute genommen hatte!

Sie verließen das Gasthaus und das Rattengesicht entfernte sich, um die Pferde zu holen, von denen der Schwarzhaarige gesprochen hatte. Er kam nach wenigen Augenblicken zurück, zwei magere Klepper und einen Maulesel an den Zügeln führend, schwang sich ächzend in den Sattel und begann ungeduldig mit den Händen zu fuchteln, als Tibor zögerte, das Maultier zu besteigen. »Worauf wartest du?«, drängelte er. »Die Torwächter warten nicht auf uns. Steig auf – oder ist das Muli nicht fein genug für deinen verwöhnten Hintern?«

»Ich habe mein eigenes Pferd«, sagte Tibor zornig. Am liebsten hätte er sich auf der Stelle umgedreht und wäre davongelaufen. Aber er ahnte, dass er nicht weit kommen würde. »Es steht im Stall. Die graue Stute.«

»Ich hole es«, erbot sich der Schwarzhaarige. Er ging, verschwand im Stall und kam nach wenigen Augenblicken mit Tibors Stute zurück. Das Tier tänzelte unruhig und versuchte nach ihm zu beißen, beruhigte sich aber sofort, als Tibor hinzutrat und ihm beruhigend die Nüstern streichelte. Rasch stieg er in den Sattel, setzte die Füße in die Steigbügel und wollte losreiten, aber das Rattengesicht fiel ihm in die Zügel und schüttelte den Kopf.

»Es ist besser, wenn wir zusammenbleiben«, sagte er. »Man verliert sich so schnell im Dunkeln, weißt du?«

Tibor schluckte die scharfe Entgegnung, die ihm auf der Zunge lag, hinunter, nahm die Hände vom Zügel und ritt schweigend zwischen den beiden ungleichen Männern einher.

Sie ritten durch die finsteren, allmählich

stiller werdenden Gassen, verließen die Stadt und wandten sich auf derselben Straße, auf der Tibor am Vorabend zusammen mit Wolff gekommen war, nach Süden. Plötzlich hatte er Angst. Seine beiden Begleiter wichen ein wenig von ihm zurück, blieben aber nahe genug, ihn jederzeit sofort ergreifen zu können, falls er versuchen sollte, ihnen zu entkommen. Sein Pferd tänzelte noch immer nervös und versuchte immer wieder auszubrechen. Auch Tibor spürte die Bedrohung, die von den beiden Männern ausging, jetzt immer deutlicher. Er war sich nun fast sicher, dass diese Männer nicht von Wolff geschickt worden waren. Auch nicht von Wirbe.

»Wie weit ist es?«, fragte er, als sie die Hauptstraße verließen und in den Wald einbogen.

»Nicht sehr weit«, antwortete der Hüne. »Nur ein paar Meilen. Bis Mitternacht bist du wieder bei deinen Eltern. Dein Vater macht sich Sorgen um dich.«

Tibor nickte und versuchte mit aller

Macht, möglichst unbeteiligt und gelassen zu erscheinen, aber in seinem Kopf arbeitete es wie wild. Wirbe war nicht sein Vater und das wusste Wolff sehr wohl, so gründlich, wie sie sich am Abend zuvor darüber unterhalten hatten. Trotzdem – er musste sichergehen. Wenn er einen Fehler machte, konnte er ihm das Leben kosten. Einen Moment lang dachte er bedauernd an das Schwert, das er in einer Decke eingewickelt am Sattel trug. Aber die Waffe hätte ihm sowieso nichts genutzt.

Der Weg wurde nun so eng, dass das Rattengesicht zurückfallen musste, aber der Schwarzhaarige blieb weiter an seiner Seite. Seine Rechte lag – in einer Geste, die zufällig erscheinen sollte, es aber ganz gewiss nicht war – so auf dem Hals seines Pferdes, dass er sofort nach Tibors Zügeln greifen und ihn festhalten konnte.

»Was macht Vaters Gicht?«, fragte Tibor harmlos. »Als ich weggeritten bin, konnte er wieder einmal kaum laufen.« Er lachte, schüttelte den Kopf und fügte hinzu: »Das war auch gut so – sonst wäre ich wohl noch nicht mal in den Sattel gekommen.«

Für einen Moment sah es beinahe so aus, als hätte er den Bogen überspannt, denn in den Augen des Schwarzhaarigen blitzte es misstrauisch auf. Aber dann lächelte der Riese. »Es geht ihm gut«, sagte er. »Er humpelt noch ein wenig, aber er war ganz gut zu Fuß, als er uns weggeschickt hat.«

Tibor nickte, sah wieder nach vorne und spannte sich insgeheim. Sein Pferd war den Schindmähren der beiden Kerle überlegen, sowohl in Schnelligkeit als auch in Ausdauer, das wusste er. Wenn er nur ein paar Schritte Vorsprung hätte, konnte er den beiden entkommen.

Als sie tiefer in den Wald eindrangen, kam Nebel auf. Nicht sehr viel, eigentlich nur ein dünner, im schwachen Mondlicht kaum zu erkennender Hauch. Aber es war jetzt schon zu erkennen, dass er immer stärker wurde.

Ein tiefhängender Ast streifte Tibors Gesicht und hinter ihm begann das Rattengesicht zu fluchen, als die Zweige zurückfederten und ihm eine saftige Backpfeife versetzten. Der Schwarzhaarige lachte schadenfroh.

Und plötzlich hatte Tibor eine Idee. Es war einer jener Pläne, die aus schierer Verzweiflung geboren werden und über die man bei klarer Überlegung wohl nur die Hände über dem Kopf zusammenschlagen konnte. Aber er wusste, dass er verloren war, wenn er den beiden nicht entkam, und er wusste auch, dass ihm nur noch sehr wenig Zeit blieb. Es war keine Stunde mehr bis Mitternacht.

Seine Blicke suchten den Weg vor ihnen ab. Er war an dieser Stelle sehr schmal, sodass die Bäume über ihm fast zusammenwuchsen und ihre Wipfel ein grünes Dach aus ineinander verflochtenen Ästen bildeten. Einzelne Äste senkten sich sehr tief auf den Weg hinab und der Zweig, der Rattengesicht ins Gesicht geklatscht war,

war nicht der einzige, der zum Greifen nahe war. Aber Tibor suchte einen ganz bestimmten Ast, einen, der genau in der richtigen Höhe war, die richtige Form hatte, nicht zu dünn, aber auch nicht zu dick sein durfte ... Schließlich sah er, was er brauchte: einen geraden, beinahe blattlosen Ast, dick wie ein Kinderarm und genau in der richtigen Höhe. Ausnahmsweise schien es das Schicksal einmal gut mit ihm zu meinen.

Sein Herz begann zu rasen, während er die Muskeln spannte. Vorsichtig, damit seine beiden Bewacher die Bewegung nicht bemerkten, zog er die Füße aus den Steigbügeln, stützte sich nur mit den Zehenspitzen ab und versuchte im Sattel in eine günstigere Position zu rutschen. Er hatte ein Kunststück wie dieses tausendmal mit Gnide und dem Messerwerfer geübt – und wo, versuchte er sich immer wieder einzuhämmern, war der Unterschied, ob er nun nach einem Trapez oder einem Ast sprang? Wie zur Antwort krampfte sich sein Magen zusammen. Es gab einen Unterschied. Zehn Zentimeter geschliffenen Stahl zwischen den Rippen, wenn es nicht klappte ...

Der Schwarzhaarige schien seine Bewegung nun doch zu bemerken, denn er wandte ruckartig den Kopf und sah Tibor misstrauisch an. »Was tust du da?«, fragte er scharf.

Im selben Moment stieß sich Tibor ab.

Für eine endlose, quälende Sekunde schien er schwerelos in der Luft zu schweben. Er hörte, wie die Graustute erschrocken aufschrie und das Rattengesicht zu brüllen begann. Er spürte, dass er schlecht abkam und sein Sprung aus der ungünstigen Position im Sattel heraus viel weniger Schwung hatte, als er brauchte. Dennoch konnten seine Hände den Ast umklammern. Die raue Baumrinde riss ihm die Haut von den Händen, aber er achtete nicht darauf. Er versuchte sich mit aller Kraft weiter hochzuziehen, um in der Abwärtsbewegung noch mehr Schwung zu holen. Kerzengerade ausgestreckt drehte er sich halb um seine Achse und griff dabei um – ein Kunststück, mit dem ihn Wirbe glatt in der Vorstellung hätte auftreten lassen können. Er zog nun die Beine ein wenig an, um nicht in seiner Vorwärtsbewegung die Stute zu treffen, streckte sie dann sofort mit einem Ruck wieder aus.

Sein rechter Fuß traf den Schwarzhaarigen vor die Brust, der linke streifte die Lippen und ließ sie aufplatzen. Die Wucht seines Trittes war so gewaltig, dass der Hüne regelrecht aus dem Sattel kippte, mit wild rudernden Armen durch die Luft segelte und krachend auf dem Waldboden aufschlug. Sein Pferd bäumte sich vor Schreck auf und ging durch.

Tibor ließ seinen Halt los, schlug geschickt einen Salto und kam federnd auf den Füßen auf, verlor aber auf dem schlammigen Grund den Halt und fiel in den Dreck. Blitzschnell sprang er wieder auf, um sich mit einem verzweifelten Satz in den Sattel der Graustute zu schwingen.

Hinter ihm begann das Rattengesicht lauthals Verwünschungen zu rufen. Aber bevor er sich von seinem Schrecken erholen konnte, war Tibor bereits losgaloppiert und preschte davon, als wären sämtliche Teufel der Hölle hinter ihm her.

Meile um Meile raste er durch die Nacht. Der Waldweg flog unter den hämmernden Hufen der Graustute nur so dahin und das Geräusch der Verfolger blieb schon nach kurzer Zeit hinter ihm zurück. Aber Tibor verlangsamte sein Tempo nicht, denn er wusste, dass die beiden nicht aufgeben würden. Solange er auf diesem schmalen Weg blieb, der keinerlei Abzweigungen oder Kreuzungen hatte, mussten sie ihn finden, wenn er anhielt.

Und wenn er weiterritt, würde er irgendwann wieder auf das Dorf stoßen, in dem Resnec und seine Häscher auf ihn warteten. Es war zum Verzweifeln! Vielleicht war es sinnlos, länger als bis zum nächsten Augenblick vorauszudenken. Seit er auf Resnec und seine Handlanger gestoßen war, schien sich alles in seinem Leben geändert zu haben. Es war einfach unmöglich geworden, vorauszusagen, was als Nächstes passieren würde.

So raste er weiter, mit eingezogenem Kopf, tief über den Hals der Stute gebeugt, um nicht von einem Ast getroffen und aus dem Sattel geschleudert zu werden. Ungefähr nach fünf Meilen sah er weit vor sich einen matten roten Schein durch die Bäume schimmern. Im ersten Moment sah es wie eine Fackel aus, die hektisch hin und her geschwenkt wurde. Aber das Licht wurde größer und heller, je näher er kam, und nach einigen Augenblicken begriff er, dass es ein Feuer war. Ein Feuer – das bedeutete Menschen!

Tibor zügelte sein Pferd, richtete sich schwer atmend im Sattel auf und sah sich unschlüssig um. Trotz des Höllenrittes, den er hinter sich hatte, war sein Vorsprung sicher nicht sehr groß – wenige Minuten, schätzte er, dann würden die beiden Männer hinter ihm auftauchen. Vielleicht war das Licht vor ihm auch der Schein eines Lagerfeuers, um das Resnec mit seinen Männern hockte und auf ihn wartete. Aber vielleicht waren es auch Fremde und vielleicht war er bei ihnen in Sicherheit, denn Rattengesicht und sein schwarzhaariger Freund würden ihn sicherlich nicht mit Gewalt fortschleppen, wenn sie es mit mehreren zu tun hatten.

Einen Moment überlegte er auch, ob er den Weg verlassen und schnurstracks in den Wald eindringen sollte, verwarf diesen Gedanken aber sofort wieder. Bei der herrschenden Dunkelheit hätte er sich nur verirrt und in dem dichten Unterholz würde er kaum von der Stelle kommen. Hatten seine Verfolger dort erst mal seine Spur, würden sie ihn mit Leichtigkeit fassen, denn im Wald nutzte ihm die Schnelligkeit seines Pferdes nichts mehr.

Tibor vertrieb die Gedanken. In seiner Situation gab es nur den Weg nach vorne, ganz egal, wer dort auf ihn wartete. Achselzuckend wandte er sich wieder um und ritt weiter, wenn auch jetzt wesentlich langsamer.

Der rote Feuerschein kam näher und nach einer Weile nahm er den scharfen Geruch von verkohltem Holz wahr. Ein leises Knistern und Knacken drang durch die Nacht zu ihm, und als sich der Wind drehte und ihm für einen Moment ins Gesicht blies, glaubte er einen sanften, warmen Hauch wie die Berührung einer unsichtbaren Hand zu spüren.

Tibor wurde immer langsamer. Er war beunruhigt und so wie zuvor, als die beiden Männer aufgetaucht waren, spürte er schon instinktiv eine Gefahr, die seine Sinne noch nicht zu erkennen vermochten.

Schließlich erreichte er eine Wegbiegung, hielt an und stieg langsam aus dem Sattel. Der Feuerschein lag direkt hinter der Biegung, nur noch durch ein paar überhängende Äste und einen struppigen Busch abgeschirmt, und er hörte das Knacken und Knistern von brennendem Holz jetzt überdeutlich.

Aber das war auch alles, was er hörte. Kein Stimmengemurmel, nichts von all den Geräuschen, die man immer unweigerlich vernahm, wenn mehrere Menschen in der Nähe waren. Mit Ausnahme des prasselnden Feuers war es beinahe unheimlich still. Selbst der Wind schien innegehalten zu haben, als hielte die Nacht den Atem an. Sein Herz begann wie rasend zu hämmern, während er weiterging.

Und dann sah er es. Die beiden Wagen lagen umgestürzt und zerschmettert auf dem Weg. Die Achse des einen war gebrochen, sodass ein Rad davongerollt war, seine Seite war eingedrückt wie von einem gewaltigen Hammerschlag und sein Inhalt war in großem Umkreis verteilt. Die ganze Szene wurde in das flackernde rote Licht der Flammen getaucht, die noch immer aus dem geschwärzten Holz leckten.

Er kannte diese Wagen. Er kannte den buntbemalten Stoff, von dem noch verkohlte Fetzen hier und da auf dem Weg lagen, jedes einzelne Stückchen ihrer

Ladung, die zu seinen Füßen lag, verschmort und zerschlagen.

Es waren Wirbes Wagen.

Lange, sehr lange stand Tibor reglos so da, starrte auf das Bild sinnloser Vernichtung und kämpfte vergeblich gegen die Tränen an. Seine Hände tasteten unter sein Hemd, fanden die sechs Golddukaten, die Wolff ihm gegeben hatte, und umklammerten sie. Das Metall war kalt, aber es schien unter seinen Fingern zu glühen und plötzlich hatte er das Gefühl, Blutgeld in der Hand zu haben. Es war nicht schwer zu erraten, was hier vorgegangen war. Wirbe musste versucht haben, aus dem Dorf zu fliehen, aber Resnec war ihm gefolgt. Und er hatte ihn für Tibors Verrat bitter büßen lassen. Alles, was ich hier sehe, ist meine Schuld, ganz allein meine Schuld, dachte Tibor. Hätte ich mich nicht eingemischt, dann ...

Das Geräusch von Hufschlägen riss ihn abrupt aus seinen Gedanken. Er fuhr zusammen, sah sich gehetzt um und machte einen hastigen Schritt in Richtung Waldrand, blieb aber unvermittelt wieder stehen.

Wozu sollte er noch fliehen? Durch seine Schuld waren Wirbe und die anderen ums Leben gekommen. Es gibt niemanden mehr, zu dem ich zurückkehren kann, dachte er bitter. Wozu noch leben? Sollte Resnec ihn doch auch umbringen; es wäre nur gerecht, nach allem, was er Wirbe und der Gauklerfamilie angetan hatte.

Die Hufschläge kamen rasch näher und schon nach wenigen Augenblicken erschien das Rattengesicht auf seinem grauen Klepper hinter der Waldbiegung, dicht gefolgt von dem Schwarzhaarigen, der in sonderbar gekrümmter Haltung im Sattel hockte und die Linke gegen den Mund presste.

»Da bist du ja!«, brüllte das Rattengesicht triumphierend. »Bist nicht weit gekommen, Bürschchen, wie?« Er lachte böse, griff unter seinen Umhang und zerrte ein armlanges, schartiges Schwert hervor. Tibor duckte sich, als er zum Schlag ausholte.

Aber der Schwarzhaarige fiel seinem Kumpanen blitzschnell in den Arm, drückte sein Schwert hinunter und versetzte ihm einen Stoß, dass er fast aus dem Sattel fiel. »Der Hund gehört mir!«, keuchte er. »Lass die Finger von ihm. Wenn ihm einer den Bauch aufschlitzt, dann bin ich das.«

»Resnec will ihn lebend«, sagte das Rattengesicht warnend, aber der Schwarzhaarige versetzte ihm nur einen weiteren Stoß, fuhr im Sattel herum und starrte Tibor an.

Seine Augen waren von Hass erfüllt und sein Gesicht wirkte im flackernden Licht des Feuers seltsam verschoben. Sein Kinn war voller Blut und Unter- und Oberlippe waren aufgeplatzt und geschwollen. Tibor sah, dass ihm beide Schneidezähne fehlten.

»Sieh mich nur an, du Hund!«, keuchte er. »Sieh, was du gemacht hast. Dafür wirst du bezahlen, Bürschchen, das schwöre ich dir. Du wirst dir gleich wünschen, niemals geboren worden zu sein.«

»Und du wirst dich gleich weit weg wünschen«, sagte eine Stimme hinter ihm. Das Unterholz teilte sich raschelnd und ein weißes Schlachtross trat auf den Weg hinaus. Der schlanke, weiß gekleidete Ritter darauf, mit dem Schwert in der Rechten und einem mächtigen, dreieckigen Schild mit einem daraufgemalten schwarzen Raben am anderen Arm, dirigierte das Tier zur Lichtung hin.

Der Schwarzhaarige fuhr mit einem keuchenden Laut herum und riss sein Schwert aus dem Gürtel. »Du!«, brüllte er. »Was mischst du dich hier ein, du Hund!«

Wolff blieb ruhig. Nur in seinen Augen konnte man ein beinahe boshaftes Lächeln erkennen. Seine Stimme war jetzt so kalt, dass Tibor schauderte.

»Ihr hättet nicht hierher kommen sollen«, sagte er, während sich seine Hand fester um den Schwertgriff schloss. »Auf Riddermargh habt ihr vielleicht Resnecs Macht auf eurer Seite, aber hier seid ihr nichts als zwei armselige Wegelagerer, mit denen selbst ein Kind fertig wird.« Er lachte böse und wies mit einer Kopfbewegung in die Richtung, aus der die beiden gekommen waren. »Ich gebe euch zwei Galgenvögeln genau zehn Sekunden, um zu verschwinden«, sagte er. »Wenn ihr dann noch hier seid, wirst du mehr als nur ein paar Zähne verlieren.«

Einen Moment lang sah es wirklich so aus, als würden die beiden seine Warnung in den Wind schlagen und sich auf ihn stürzen, aber dann sagte das Rattengesicht etwas in einer Sprache, die Tibor nicht verstand, und der Schwarzhaarige ließ langsam sein Schwert sinken. »Gut, Wolff«, donnerte er mit bebender Stimme. »Für heute hast du gewonnen. Aber wir sehen uns wieder, mein Wort darauf.«

Wolff nickte. »Ich freue mich darauf.«

Die beiden drehten ihre Pferde herum und begannen langsam an dem Rabenritter vorbei den Weg zurückzureiten, den sie gekommen waren. Wolff beobachtete jede Bewegung der beiden Galgenvögel und

Tibor sah, dass sich seine Hand fester um den Schwertgriff spannte. Der linke Arm mit dem Schild hob sich ein ganz klein wenig. Aber die beiden machten keinen Versuch, sich auf ihn zu stürzen, sondern ritten schweigend an ihm vorüber.

Wolff atmete sichtlich auf, senkte Schild und Schwert und drehte sich im Sattel zu Tibor herum. »Das war knapp«, sagte er. »Du solltest dir das nächste Mal die Leute, mit denen du reitest, genauer ansehen. Wenn ich ...«

Im selben Moment bäumten sich die beiden Pferde auf, wurden in einer fast unmöglich erscheinenden Bewegung auf der Stelle herumgerissen und fegten das kurze Stück Weg zurück, das sie geritten waren. Die Schwerter der beiden Galgenstricke blitzten.

»Pass auf«, brüllte Tibor mit überschnappender Stimme.

Seine Warnung wäre zu spät gekommen, hätte Wolff die Gefahr nicht selbst schon bemerkt. Tibor hatte den Schrei kaum ausgestoßen, als die beiden Männer auch schon heran waren und ihre Klingen auf ihn herabsausen ließen.

Aber Wolff reagierte mit geradezu übermenschlicher Schnelligkeit. Sein Schild kam hoch, schmetterte das Schwert des Schwarzhaarigen beiseite und schrammte mit der Kante über seine Wange. Gleichzeitig traf die Klinge des Rabenritters das gegnerische Schwert und ließ dessen Klinge wie Glas zerspringen. Die Wucht von Wolffs Schwerthieb zerschnitt das Kettenhemd, das das Rattengesicht unter seinem Mantel trug, ohne ihn allerdings ernsthaft zu verletzen. Dennoch prallte das Rattengesicht wie von einem Fausthieb getroffen zurück, schlug die Hände vors Gesicht und kippte rücklings aus dem Sattel.

Auch der Schwarzhaarige wäre fast vom Pferd gefallen, fing sich aber im letzten Moment wieder. Den Bruchteil einer Sekunde starrte er auf den Körper seines Kameraden, der in gekrümmter Haltung auf dem Boden lag. Auch wenn ihm das

Schicksal des Rattengesichtigen eine Warnung war, so ignorierte er sie doch. Mit einem gellenden Schrei riss er sein Pferd herum und drang abermals auf den Rabenritter ein.

Wolff fing seinen Schwerthieb mit dem Schild ab, ließ sein Pferd mit einem einzigen gewaltigen Satz neben das des Schwarzhaarigen springen und stieß mit einer blitzartigen Bewegung zu. Der Schwarzhaarige keuchte, ließ sein Schwert fallen, sank langsam nach hinten und schlug dumpf neben seinem Kameraden auf.

»Schade«, sagte Wolff leise. »Das wollte ich nicht. Ich habe geahnt, dass sie es versuchen würden, aber ich wollte ihnen eine Chance geben.«

Tibor schwieg und starrte nur entsetzt auf die beiden reglosen Körper. Diese beiden Männer waren seine Feinde gewesen. Sie hätten ihn getötet, wäre Wolff nicht im letzten Moment aufgetaucht, und er hätte sich freuen oder zumindest Triumph empfinden müssen. Aber in ihm war nichts von alledem; nicht einmal Erleichterung. Er fühlte sich nur irgendwie ... schmutzig, schuldig. Es war ein ganz kleines bisschen so, als hätte er diese beiden getötet.

Wortlos wandte er sich um, ging zu den verkohlten Wagen hinüber und griff nach einem Stück Holz. Es war heiß und er verbrannte sich die Finger. Hastig zog er die Hand wieder zurück. Wie durch einen Nebel nahm er wahr, dass Wolff aus dem Sattel stieg, sein Schwert in die Scheide schob und langsam auf ihn zukam. In der Berührung, mit der der Rabenritter die Hand auf seine Schulter legte, war unendlich viel Freundschaft und Wärme. Trotzdem schob Tibor nach kurzem Zögern seine Hand beiseite, drehte sich um und sah ihm in die Augen.

»Warum?«, fragte er. »Warum hat er das gemacht, Wolff? Wirbe und die anderen haben ihm nichts getan.«

»Das müssen sie auch nicht«, antwortete Wolff, sehr leise und ebenso ernst wie Tibor. »Sie sind nicht auf seiner Seite und das allein reicht Resnec, um sie wie Feinde zu behandeln.«

»Aber Wirbe hat ihn nicht verraten!«, begehrte Tibor auf. »Ich war es, Wolff, ich allein! Warum hat er sich an ihnen gerächt und nicht an mir?«

»Das hat er«, sagte Wolff leise. »Er hat sie bestraft, um dich zu quälen, Junge. Das ist nun einmal Resnecs Art. Er schlägt immer dort zu, wo es am meisten wehtut.«

»Aber sie waren unschuldig«, schluchzte Tibor. »Er hat sie umgebracht, einfach so, vollkommen grundlos.«

»Sie sind nicht tot«, widersprach Wolff.

Tibor sah mit einem Ruck auf. Für einen ganz kurzen Moment keimte Hoffnung in ihm auf. »Sie leben?«

Wolff nickte. »Ja. Ich kam zu spät, um es zu verhindern, aber ich habe wenigstens gesehen, dass sie noch lebten. Resnec hat sie mitgenommen.«

»Wohin?«, fragte Tibor.

Wolff zuckte die Achseln. »Nach Süden

– mehr weiß ich nicht. Vermutlich nimmt er sie mit zum Rabenfels.«

»Und was wird er dort mit ihnen tun?«, fragte Tibor voller Angst.

Diesmal antwortete Wolff nicht, aber das war schlimmer als alles, was er hätte sagen können.

Tibor starrte sekundenlang auf die ausgeglühten Skelette der Wagen, dann wandte er sich wieder an Wolff. Seine Augen leuchteten. »Sag mir jetzt die Wahrheit, Wolff«, verlangte er. »Wer bist du? Was bedeutet das alles hier und wer ist Resnec?«

»Ich habe dir die Wahrheit gesagt, Tibor«, antwortete Wolff, aber Tibor unterbrach ihn sofort wieder.

»Nichts hast du mir gesagt!«, schrie er. »Wolff von Rabenfels, wie? Es gibt kein Rabenfels, Wolff, so wenig wie es ein Land namens Riddermargh gibt! Ich bin weiß Gott viel in der Welt herumgekommen und ich habe mit Menschen gesprochen, die alle Kontinente besucht und alle Meere

befahren haben. Aber niemand hat jemals von einem Land namens Riddermargh gehört.«

»Es ... es ... ist kein Land, Tibor«, sagte Wolff leise. »Riddermargh ist die Welt, von der ich komme. Das Land hinter den Schatten. Für dich wäre es eine Welt voller Wunder und unglaublicher Dinge, aber für mich ist es die Wirklichkeit. Meine Heimat, Tibor.« Seine Stimme hatte plötzlich einen Ton, der Tibor schaudern ließ. »Ich kam hierher, weil Resnec und seine Kreaturen unsere Welt erobert haben und wir Hilfe brauchen. Aber ich habe versagt, Tibor. Es gibt hier niemanden, der sich Resnec in den Weg stellen könnte, denn euch sind Zauberei und Magie fremd.«

Tibor starrte ihn an. »Das ... das ist ...«

»Das ist die Wahrheit«, murmelte Wolff. »Ich habe geschworen, es niemandem zu verraten, es sei denn, ich finde einen Verbündeten und Hilfe für Riddermargh. Aber das ist unmöglich. Ich habe alles nur schlimmer gemacht, Tibor, denn ich habe

Resnec den Weg in eure Welt gezeigt und jetzt wird er kommen und sie erobern, so wie er meine Heimat erobert hat.«

Tibor starrte ihn weiter an, aber er war noch immer unfähig zu antworten oder auch nur einen klaren Gedanken zu fassen. Obwohl er halbwegs geahnt hatte, dass Wolff nicht der harmlose junge Ritter war, als der er sich ausgab, trafen ihn seine Worte wie ein Keulenschlag.

»Ich werde ihm folgen«, sagte Wolff schließlich. »Ich werde versuchen deine Leute zu befreien, Tibor. Das verspreche ich.«

Tibor atmete hörbar ein, schüttelte den Kopf und ging langsam zu seinem Pferd zurück. »Nicht du«, sagte er entschlossen. Seine Stimme zitterte, aber sie war auch gleichzeitig sehr fest. »Wir.«

Wolff runzelte die Stirn. »Ich habe dir schon einmal gesagt ...«, begann er, sprach aber nicht weiter, als Tibor ihm mit einer entschiedenen Bewegung das Wort abschnitt.

»Ich werde dich begleiten«, sagte er leise. »Ich reite mit dir, Wolff, und wenn du mich davonjagst, dann werde ich dich eben verfolgen, und wenn du bis ans Ende der Welt davonlaufen solltest. Ich werde Resnec finden und Wirbe und die anderen befreien, ob mit oder ohne deine Hilfe. Es hat sich etwas geändert, seit wir das letzte Mal darüber sprachen, Wolff. Bisher war es deine Angelegenheit, das stimmt. Aber jetzt«, fügte er mit veränderter Stimme hinzu, »habe ich auch Streit mit Resnec.« Er griff nach den Zügeln, wendete die Stute und deutete mit einer Kopfbewegung nach Süden.

»Was ist?«, fragte er. »Reiten wir zusammen oder soll ich allein gehen?«

Wolff blickte ihn mit sonderbarem Ausdruck an. Aber er antwortete nicht. Stattdessen ging er schweigend zu seinem Pferd, stieg in den Sattel und wartete, bis Tibor an seine Seite gekommen war.

Über dem Wald lag Nebel wie ein klammer kalter Hauch. Die Wolken waren auf die Baumwipfel herabgesunken, als hätte sie eine riesige Hand niedergedrückt, und im Gras glitzerten Tautropfen wie Diamantsplitter. Der leichte Wind, der aufgekommen war, wisperte in den Baumkronen, erzählte Geschichten der Nacht und trieb Nebelfetzen wie schwebende Vorhänge vor sich her. Über allem lag ein grauer Hauch, der die Farben dämpfte und die Umrisse der Bäume und Felsen verschwommen und irgendwie unwirklich werden ließ, so als hätte der Tag den Schlaf noch nicht vollends aus den Augen geblinzelt. Es war ein Bild voller Frieden und Schönheit, einer jener seltenen Momente, in denen die Welt still und weniger hart erschien und in denen selbst der eisige Morgenwind noch etwas Sanftes und Streichelndes zu haben schien. Wenigstens hätte er das sein können – wären das niedergebrannte Dorf und die verkohlten Büsche am Waldrand nicht gewesen.

Tibor bewegte sich unruhig hinter dem dornigen Busch, hinter dem er Deckung gesucht hatte. Wolff hatte ihm befohlen, im Schutz des Waldes zurückzubleiben und auf ihn zu warten, ganz gleich, was geschehe. Aber seither war annähernd eine Viertelstunde vergangen und im gleichen Maße, in dem die Sonne über der Silhouette des Waldes am Himmel emporgestiegen war, war die Kälte durch seine Kleider in seine Knochen gekrochen. Er musste immer öfter das Gewicht verlagern, weil seine Beine vor Anstrengung zu schmerzen begannen. Und der Anblick des niedergebrannten Dorfes erfüllte ihn stärker mit Furcht, als er eigentlich zugeben mochte.

Es war nicht das erste Mal, dass er niedergebrannte Häuser sah. Neben dem Hunger war das Feuer der größte Feind der Menschen in diesem Teil des Landes, und er hatte schon ganze Städte gesehen, die durch einen unachtsam fallen gelassenen Funken in Schutt und Asche gesunken waren. Aber an diesem Dorf war irgendetwas Sonderbares.

Tibor suchte einen Moment vergeblich nach den richtigen Worten, um das Gefühl zu beschreiben, das der Anblick der geschwärzten Ruinen in ihm auslöste. Das Dorf war bis auf die Grundmauern niedergebrannt: Nicht ein Gebäude war dem Toben der Flammen entkommen und über der Lichtung hing noch eine unsichtbare Wolke schweren Brandgeruches. Der Anger, auf dem sie einige Tage zuvor gelagert und die Vorstellung gegeben hatten, war in weitem Umkreis um die Ruinen zu braunem Morast zertrampelt. Überall lagen geschwärzte Trümmer, als wären einige der Häuser regelrecht explodiert. Ein Durcheinander an Spuren führte in allen Richtungen vom Dorf fort, hinauf in den Wald oder auch zu dem schmalen Weg, auf dem Wolff und er gekommen waren. Und doch – irgendetwas stimmte hier nicht. Zum Beispiel war nirgends eine Spur der Leute zu sehen, die hier gelebt haben mussten, obwohl der Brand noch nicht sehr lange her sein konnte, denn aus den zusammengebrochenen Trümmern kräuselte sich noch immer dünner Rauch und da und dort knackte das Holz noch vor Hitze. Tibor konnte sich einfach nicht vorstellen, dass die Menschen, denen das Dorf ihre Heimat gewesen war, schon nach so kurzer Zeit weggegangen sein sollten, noch dazu, ohne auch nur den Versuch zu machen, wenigstens einen Teil ihrer Habseligkeiten zu retten. Und selbst wenn sie es – aus welchem Grund auch immer – getan hätten, hätten sie ihnen begegnen müssen, denn Wolff und er hatten unweit von Wirbes ausgebranntem Wagen gelagert, ohne den Weg zu verlassen. Das Ganze blieb einfach ... unheimlich.

Tibor verlagerte sein Gewicht vorsichtig auf das andere Bein und sah zum gegenüberliegenden Rand der Lichtung.

Der Wald ragte wie eine schwarzbraun gemusterte Wand hinter dem niedergebrannten Dorf auf. Die Schatten zwischen den dunklen, auf einer Seite mit blassem Moos bewachsenen Stämmen kamen Tibor sonderbar tief und schwarz vor, fast so, als wäre es nicht nur die Abwesenheit von Licht, die er sah, sondern vielmehr die Anwesenheit von etwas anderem.

Er verscheuchte den Gedanken, verlagerte abermals sein Gewicht und sah alarmiert auf, als eines der beiden Pferde unruhig zu schnauben begann. Die Tiere waren nervös und der Brandgeruch hatte sie mit jedem Schritt, den sie sich dem Dorf genähert hatten, unruhiger werden lassen. Wolffs großer, schneeweißer Hengst scharrte ununterbrochen mit den Vorderhufen im Boden und auch die Graustute zuckte nervös mit den Ohren – untrügliche Zeichen der Furcht, die die beiden Tiere empfanden.

Tibor zögerte einen Moment, sah unentschlossen zum Haus und stand dann auf, um zu den Pferden zurückzugehen. Der morastige Boden federte unter seinen Stiefeln und jetzt, als er sich bewegte, begannen seine vom langen, reglosen Sitzen steif gewordenen Glieder heftig zu prickeln und zu schmerzen.

Tibor erreichte die Pferde, streichelte ihnen abwechselnd die Nüstern und flüsterte ihnen zärtliche Worte ins Ohr, um sie zu beruhigen. Aber dieses Mal erreichte er damit eher das Gegenteil. Die Tiere wurden immer nervöser und es war, als wirke diese Nervosität ansteckend, denn auch Tibor spürte mit einem Male plötzlich wieder dasselbe bedrückende Gefühl, das der Anblick des verbrannten Dorfes in ihm ausgelöst hatte – nur viel, viel stärker. Wieder ertappte er sich dabei, wie sein Blick über den gegenüberliegenden Waldrand glitt und vergeblich versuchte die Wand der Dunkelheit zu durchdringen.

Dann hörte er ein Geräusch. Es war ein leises, an- und abschwellendes Heulen, das ihn auf unangenehme Weise an irgendetwas erinnerte, was er zu kennen glaubte, ohne dass er jetzt hätte sagen können, was es war.

Im ersten Moment war er nicht sicher, ob es nicht einfach der Wind war, der sich an einem Fels brach. Aber das Geräusch kam rasch näher, wurde deutlicher und dann gesellte sich ein zweiter, gleichartiger Laut hinzu.

Plötzlich begann rings um die Lichtung Nebel aus dem Boden zu steigen. Etwas war an diesem Nebel anders als an dem, der am Morgen aufgekommen war. Angst bemächtigte sich Tibor – wie er sie schon mehrmals verspürt hatte.

Eine Sekunde lang blieb Tibor noch reglos stehen und lauschte auf das unheimliche, an- und abschwellende Geräusch, dann drehte er sich um und rannte, alle Vorsicht und alle Verbote Wolffs vergessend, über die verwüstete Lichtung.

Von Wolff war keine Spur zu sehen, aber Tibor hörte es im Inneren eines der niedergebrannten Häuser rumoren. Keuchend setzte er über einen heruntergefallenen Dachbalken hinweg, stieß die verkohlte Haustür, die noch schräg in den Angeln hing, mit der Schulter auf und stolperte ins Haus.

Dunkelheit und ein Schwall trockener, unangenehmer Wärme schlugen ihm entgegen. Im ersten Moment sah er nur Schatten, denn seine Augen waren an das grelle Licht der Morgensonne gewöhnt. Tibor kniff die Augen zusammen und erkannte die Umrisse einer Gestalt. Metall blitzte auf – es war Wolff, der zwischen den Trümmern kauerte und einen metallenen Gegenstand in den Fingern drehte. Auf seinem Gesicht erschien ein Anflug von Unmut, als er Tibor erkannte. Er deutete stumm auf den Gegenstand in seiner Hand.

»Resnec«, sagte er. »Das waren Resnecs Leute.« Er stand auf und zeigte Tibor, was er gefunden hatte. Es war ein Dolch – oder etwas, das einmal ein Dolch gewesen sein mochte. Die Klinge war ausgeglüht und verbogen. Aber auf dem Griff war noch deutlich das gleiche Rabenwappen zu erkennen, das auch auf Wolffs Schild prangte.

»Sie müssen zurückgekommen sein«, sagte er düster.

»Aber warum?«, murmelte Tibor. »Warum haben sie das getan? Nur aus Zorn, dass du ihnen entkommen bist?«

Wolff warf den Dolch zu Boden und wischte sich die Finger an der Hose ab. »Nein«, sagte er. »Sicher nicht. Ich ... weiß nicht, warum sie das getan haben, aber sie müssen einen Grund gehabt haben. Resnec tut niemals etwas grundlos.«

»Sie können noch nicht lange fort sein«, sagte Tibor. Er musste wieder an das unheimliche Geräusch denken, das er gehört hatte, und den Nebel. Furcht stieg erneut in ihm hoch. Trotzdem fuhr er fort: »Wenn wir uns beeilen, holen wir sie vielleicht noch ein.«

Wolff blickte ihn einen Moment zweifelnd an, dann nickte er und ging ohne ein weiteres Wort an Tibor vorbei aus dem Haus.

Das Heulen und Wimmern war näher gekommen und hob sich jetzt deutlich vom helleren Säuseln des Windes ab.

Auch Wolff musste den Laut jetzt deutlich hören, denn er blieb mit schräggehaltenem Kopf stehen und lauschte. Ein gleichzeitig überraschter wie erschrockener Ausdruck lag auf seinen Zügen. »Wölfe«, sagte er verwirrt. »Es hört sich an wie Wölfe. Zwei – vielleicht auch drei.«

»Wölfe?«, wiederholte Tibor zweifelnd.

Aber im selben Moment wusste er auch, dass Wolff Recht hatte. Er hatte das Geräusch eigentlich schon vorhin erkannt – niemand, der das lang gezogene Heulen eines jagenden Wolfes einmal gehört hat, vergaß es jemals wieder. Aber er hatte es nicht erkennen wollen.

Wolff wollte antworten, aber in diesem Moment mischte sich ein neuer Ton in das Wolfsgeheul – ein lang gezogener Schrei, der mit dem Wind anschwoll und dann unvermittelt wieder abbrach.

»Das ist ein Mensch!«, keuchte Wolff. »Die Wölfe jagen einen Menschen, Tibor! Komm!«

So schnell sie konnten, rannten sie zu den Pferden zurück. Die Tiere waren noch nervöser geworden und zerrten unruhig an ihren Fußfesseln, sodass Tibor Acht geben musste, nicht von einem Huf getroffen zu werden, als er sie losband. Seine Graustute tänzelte so wild, dass Wolff ihm sogar in den Sattel helfen musste.

Wolff lauschte abermals, diesmal, um sich zu orientieren. Schließlich deutete er mit einer Kopfbewegung nach Süden und zwang sein Pferd mit festem Schenkeldruck herum. Dann galoppierten sie los.

Eisiger Wind blies ihnen ins Gesicht und das Heulen der Wölfe war eine schauerliche Begleitmusik zum trommelnden Stakkato der Pferdehufe. Der Wald flog an ihnen vorüber, und obwohl der Nebel immer dichter wurde und sie keine hundert Schritte weit mehr sehen konnten, steigerte Wolff ihr Tempo immer mehr, sodass Tibor schon bald hinter ihm zurückfiel, denn seine Graustute vermochte mit dem kraftstrotzenden Prachtross des Ritters nicht Schritt zu halten. Seltsamerweise kam das Wolfsgeheul jetzt nicht mehr näher, sondern schien sich im Gegenteil zu entfernen.

Immer weiter galoppierten sie talwärts und in den Wind, der ihnen die Gesichter erstarren ließ, mischten sich Schnee und kleine, nadelspitze Eiskristalle.

Plötzlich hörte der Wald wie abgeschnitten auf. Der Weg, den sie bisher entlanggeritten waren, verschwand unter frisch gefallenem Schnee und der Wind wurde noch eisiger und stärker. Tibor zügelte sein Pferd, als er sah, dass auch Wolff in einiger Entfernung angehalten hatte und auf ihn wartete, ritt etwas langsamer weiter und sah sich dabei mit einer Mischung aus Staunen und langsam stärker werdendem Unwohlsein um.

Es war ein unheimlicher Anblick – obwohl es eigentlich gar nichts zu sehen gab: Vor ihnen lag ein weiter, scheinbar vollkommen leerer Hang, der in hundert Schritt Entfernung in grauer Unendlichkeit verschwand. Der Wald und der schmale Ochsenweg waren verschwunden und der Nebel wallte so dicht, als hätten sich die Wolken nunmehr vollends auf die Erde herabgesenkt. Es gab keinen sichtbaren Horizont, ja, nicht einmal mehr einen Himmel. Alles war grau und verschwommen und wirkte sonderbar irreal, wie ein Bild aus einem Traum.

»Was ... was ist das?«, flüsterte er, als er neben Wolff angelangt war.

»Nebel«, antwortete Wolff achselzuckend. Er versuchte zu lächeln, aber sei-

ner Stimme fehlte die gewohnte Festigkeit. In diesem Augenblick erscholl das Wolfsheulen erneut, sehr viel näher als bisher. Seltsamerweise konnte Tibor nicht sagen, aus welcher Richtung das Geräusch kam. Der Nebel verzerrte und dämpfte den Laut, sodass er aus allen Richtungen zugleich zu kommen schien.

Wolff fuhr erschrocken zusammen. Tibor hatte den Ritter noch nie so verstört – und wohl auch ängstlich, wie er erschrocken feststellte – erlebt wie in diesem Moment. Aber es war nicht das Heulen der Wölfe allein, das ihn verunsicherte, sondern irgendetwas in diesem Nebel: eine sonderbare Art von Furcht und Schrecken, die auch von Tibor in immer stärkerem Maße Besitz ergriff und gegen die er sich nicht zu wehren vermochte. Es war dasselbe Gefühl, das er schon einmal verspürt hatte, vorhin, als er den Waldrand hinter dem niedergebrannten Hof betrachtet hatte – das Gefühl, beobachtet zu werden, nicht allein zu sein.

Wolff hob plötzlich die Hand und deutete stumm auf eine Stelle dicht vor sich, an der der Schnee zertrampelt und aufgewühlt war.

Tibor ritt ein Stück vor, zügelte sein Pferd wieder, um die Spuren nicht zu verwischen, und beugte sich neugierig aus dem Sattel.

Ein erstaunter Ausruf kam über seine Lippen, als er die Spur sah.

Es war die Spur eines Wolfes, daran gab es keinen Zweifel – aber es musste der größte Wolf sein, von dem Tibor jemals gehört hatte! Die Abdrücke der Pfoten waren fast so tief in den Schnee eingegraben wie die eines Pferdes und jeder einzelne war größer als Tibors Hand.

»Da drüben ist noch eine Spur«, sagte Wolff. »Es sind zwei. Sie sind ins Tal hinuntergelaufen.«

Er hob die Hand und deutete dorthin, wo Westen sein musste. Er überlegte einen Moment und schlug plötzlich seinen Umhang zurück. Das silberne Kettenhemd, das er darunter trug, war durch den nasskalten Nebel beschlagen und wirkte matt und schäbig. Schnell streifte er seine Handschuhe ab, löste den Bogen vom Sattelgurt, spannte die Sehne und sah Tibor fragend an.

»Kannst du damit umgehen?«

Tibor nickte und Wolff drückte ihm die Waffe in die Hand, nahm auch den Köcher vom Sattelgurt und befestigte ihn an dem der Graustute. Dann öffnete er seine Satteltasche, suchte einen Moment darin herum und förderte eine in Einzelteile zerlegte Armbrust zutage. Gekonnt setzte er sie zusammen und überprüfte die Waffe noch einmal.

»Wir trennen uns«, sagte er, während er einen fingerlangen, mit kleinen bunten Federn versehenen Bolzen aus der Satteltasche zog. »Aber sei vorsichtig, Tibor. Diese Biester sind unberechenbar. Und ich will sie beide haben.«

Tibor widersprach nicht, obwohl sich alles in ihm dagegen sträubte, allein in diese unheimliche graue Wand hineinzureiten. Dieser Nebel war kein normaler Nebel, das spürte er einfach, und die großen Wolfsspuren im Schnee ließen seinen Mut auch nicht gerade in die Höhe schnellen. Aber er wusste, wie wenig Sinn es hatte, Wolff zu widersprechen, wenn er einmal zu einem Entschluss gekommen war. Und er hatte ja Recht – sie hatten beide den Schrei gehört. Den Schrei eines Menschen, der jetzt wahrscheinlich irgendwo vor ihnen ums Leben rannte. Sie hatten keine Wahl.

Wolff wurde zu einem grauen Schemen und verschwand, als sie weiterritten. Für ein paar Augenblicke hörte Tibor noch das Trommeln der Hufschläge seines Pferdes, dann verschluckte der Nebel auch dieses Geräusch.

Der Nebel schien sich wie ein Ring um ihn zusammenzuziehen. Die eisige Luft gab Tibor das Gefühl, nicht mehr richtig atmen zu können. Die grauen Schwaden führten einen spöttischen Tanz rings um ihn auf, ballten sich zu Umrissen und Gestalten zusammen, bildeten Fratzen und bizarr verzerrte Körper und trieben wieder auseinander.

Tibor hatte noch nie so etwas erlebt – und wenn er ehrlich zu sich selbst war, dann hatte er auch noch niemals solche Angst wie in diesem Moment verspürt. Seine Finger zitterten, obwohl er den

Bogen so fest umspannt hielt, als wolle er das fingerdicke Eibenholz zerbrechen. Es war nicht allein die Kälte, die sie zittern ließ.

Der Hang fiel in sanfter Neigung ab. Sein Pferd ging sehr langsam und setzte behutsam einen Fuß vor den anderen, um nicht über ein Hindernis zu stolpern, das sich unter der trügerischen weißen Decke verbarg. Vier- oder fünfmal verlor sich die Wolfsspur vor ihm im Nebel, tauchte aber immer wieder auf.

Dann fand er die zweite Spur.

Sie war kleiner und unregelmäßiger als die des Wolfes und sie verschwand immer wieder unter den tiefen Tatzenabdrücken des Raubtieres. Es war die Spur eines Menschen, der in großer Hast durch den knietiefen Schnee gestolpert sein musste, auf der Flucht vor den Wölfen. Und beide Spuren waren sehr frisch. Sie konnten nicht mehr weit sein.

Tibor wusste nicht, wie lange er schon durch diesen unheimlichen Nebel ritt. Das wesenlose Grau, das die Welt, die Tibor sonst kannte, verschlungen hatte, schien auch die Zeit zu beeinflussen und die Sekunden dehnten sich zu kleinen Ewigkeiten. Er hatte das Gefühl, schon eine Ewigkeit durch diese trostlose Welt geritten zu sein, als er erneut das Heulen des Wolfes hörte. Und diesmal war es nahe, erschreckend nahe sogar!

Tibor fuhr erschrocken auf, hob den Bogen und zog die Sehne straff, bis der dünne Strang in seinen Fingern zu summen begann. Irgendwo vor ihm sah er etwas, aber wieder verwischte der Nebel alle klaren Bilder und ließ ihn nur noch Schatten und Umrisse erkennen, die alles Mögliche sein konnten. Er blieb stehen, richtete sich in den Steigbügeln auf und starrte angestrengt nach vorne.

Da waren Schatten – ein kleiner, wie der eines Kindes, und ein zweiter, großer, der den anderen umkreiste.

Tibor hatte den Wolf gefunden – und sein Opfer! Er riss den Bogen in die Höhe

und ließ den Pfeil von der Sehne fliegen. Das Geschoss verschwand lautlos im Nebel und kaum eine Sekunde später hörte er ein dumpfes Klatschen, gefolgt von einem schrillen, eher zornigen als schmerzhaften Heulen. Der größere der beiden Schatten sprang in die Luft und fiel ungelenk in den Schnee zurück.

Tibor gab seinem Pferd die Sporen, riss einen weiteren Pfeil aus dem Köcher und legte ihn mit zitternden Fingern auf die Sehne. Der schwarze Schatten entpuppte sich als ein gewaltiger, zottiger Körper mit glühenden Augen und mörderischen Reißzähnen, die in irrsinniger Wut nach dem Pfeil schnappten, der aus seiner rechten Schulter ragte. Tibor zwang die Graustute mit einem harten Schenkeldruck herum. Als das Tier den schwarzen Wolf erblickte, ging ein Zittern durch das Tier. Bevor es ausbrach, stützte Tibor sich mit aller Kraft in den Steigbügeln ab und schoss seinen zweiten Pfeil ab.

Diesmal war der Schuss genauer gezielt.

Das schlanke Geschoss traf den Wolf genau in die Kehle. Mit einem klagenden Jaulen sank das Tier in den Schnee zurück und lag dann still. Trotzdem zog Tibor mit fliegenden Fingern einen dritten Pfeil aus dem Köcher, spannte den Bogen und legte auf den Wolf an, bis er sicher war, das Ungeheuer auch wirklich getötet zu haben. Erst dann senkte er langsam die Waffe, beruhigte sein Pferd, das noch immer unruhig tänzelte, und lenkte das Tier behutsam näher an den toten Wolf heran.

Sein Herz begann wie wild zu rasen, als er sah, wie groß der Wolf wirklich war. Aufrecht auf allen vieren stehend, musste er fast die Höhe eines Ponys erreichen. Dabei war sein Körper viel massiger. Seine Kiefer schienen kräftig genug, einen ausgewachsenen Mann ohne große Anstrengung in zwei Stücke zu zerbeißen, und seine Pfoten waren so groß wie die Tatzen eines Bären.

Mit einem Male war er froh, das Ungeheuer im ersten Moment nur als Schemen erkannt zu haben. Hätte er es in seinen wirklichen Ausmaßen gesehen, dann hätte er den Teufel getan und sich mit dieser Bestie angelegt, sondern wäre geflohen, so schnell er konnte.

Ein leises Stöhnen riss ihn aus seinen Gedanken. Er erkannte einen dunklen Körper, der ein Stück abseits im Schnee lag, und zog die Zügel straff, um die Graustute zu wenden.

In diesem Augenblick erscholl ein wütendes Heulen hinter ihm.

Tibor fuhr erschrocken im Sattel herum, gewahrte eine Bewegung aus den Augenwinkeln und riss den Bogen hoch. Aber im gleichen Moment tauchte aus dem Nebel ein weißer Schatten auf, der zum Sprung ansetzte.

Instinktiv versuchte Tibor noch seinen Bogen abzuschießen, aber der Riesenwolf prallte bereits gegen seine Flanke. Für einen kurzen, schrecklichen Augenblick konnte Tibor direkt in seinen Rachen sehen, bevor er in hohem Bogen aus dem

Sattel geschleudert wurde. Er sah, wie der Wolf und seine Graustute wie ein wirres Knäuel aus Leibern und ineinander verstrickten Gliedmaßen zu Boden gingen, dann schlug er mit der Stirn gegen etwas Hartes im Schnee. Einen Moment lang kämpfte er gegen die Bewusstlosigkeit. Als sich die dunklen Schlieren vor seinen Augen lichteten, stand der Wolf über ihm. Der Anblick lähmte Tibor. Das Tier war gigantisch. Selbst der schwarze Riesenwolf, den er getötet hatte, musste neben ihm harmlos wirken. Sein Fell war weiß, aber von einer Reinheit, gegen die selbst der Schnee schmutzig und düster wirkte. Die rot leuchtenden Augen waren von einer Wildheit und Mordgier erfüllt, die Tibor noch mehr erschreckten als der Anblick seiner Größe. Ein Schwall stinkigen Atems schlug ihm entgegen, als die Bestie ihr Maul aufriss. Fast fingerlange Reißzähne blitzten auf und aus der Brust des Ungeheuers drang ein tiefes, drohendes Grollen.

Verzweifelt versuchte Tibor vor dem Riesenwolf zurückzukriechen. Seine Hände gruben im Schnee und suchten nach dem Bogen, den er fallen gelassen hatte. Der Wolf knurrte und mit einer eher schon bedächtigen Bewegung setzte er Tibor eine seiner mächtigen Pfoten auf die Brust und drückte ihn in den Schnee zurück.

Das Wiehern eines Pferdes drang an Tibors Ohr. Plötzlich lief ein Zittern durch den Körper des weißen Wolfes. Mit einem schmerzerfüllten Jaulen bäumte sich die Bestie auf, fegte Tibor dabei mit einer Pfote beiseite und sprang auf den neuen Gegner zu.

Wolff schoss seinen zweiten Bolzen in dem Moment ab, als der Wolf zum Sprung ansetzte. Das Geschoss traf ihn mitten im Flug, riss ihn wie von einer Titanenfaust getroffen herum und ließ ihn schwer in den Schnee stürzen. Aber sofort war das Tier wieder auf den Füßen, stieß ein gequältes Heulen aus – und verschwand mit einem gewaltigen Satz im Nebel!

Wolff fluchte, ließ seine Armbrust sinken und griff stattdessen nach den Zügeln. »Ich hole ihn mir!«, schrie er. »Du wartest hier, Tibor! Kümmere dich um den Verletzten!« Und damit gab er seinem Pferd die Sporen und jagte davon, hinter dem verwundeten Wolf her.

Tibor stemmte sich mühsam in die Höhe. In seinem Kopf drehte sich alles und er war noch immer vor Schrecken wie gelähmt. Seine Knie zitterten so sehr, dass er zweimal ansetzen musste, ehe er sich endlich erhoben hatte. Jetzt, als die unmittelbare Gefahr vorüber war, packte ihn die Angst erst richtig.

Fast eine Minute lang blieb er reglos im Schnee stehen und starrte in die Richtung, in der Wolff und der Riesenwolf verschwunden waren, ehe er sich wieder so weit beruhigt hatte, dass er fähig war, einen halbwegs klaren Gedanken zu fassen. Sein Herz raste immer noch, als wollte es jeden Moment zerspringen.

Ein leises, schmerzerfülltes Stöhnen

brachte ihn abrupt in die Wirklichkeit zurück. Hastig drehte er sich herum und stapfte durch den knietiefen Schnee zu dem Verletzten hinüber.

Mit dem Handrücken wischte er ihm Schmutz und Schnee aus dem Gesicht. An seinen Fingern war plötzlich warmes Blut und der Verwundete begann lauter zu wimmern und versuchte ungelenk seine Hand abzustreifen. Tibor schob seinen Arm beiseite, drückte ihn mit sanfter Gewalt in den Schnee zurück ... und erstarrte, als sein Blick ins Gesicht des Verwundeten fiel.

»Gnide!«, keuchte er.

Der Junge vor ihm war niemand anderer als Wirbes Sohn!

Sekunden lang hockte Tibor wie gelähmt da und starrte auf den wimmernden Jungen, unfähig, auch nur einen klaren Gedanken zu fassen, dann riss er sich mit aller Macht zusammen. Er schluckte, um den bitteren Kloß loszuwerden, der plötzlich in seiner Kehle saß, und raffte sich mühsam zu einer Grimasse auf, die einem Lächeln wenigstens nahe kam.

»Kannst du ... kannst du mich verstehen?«, fragte er stockend.

Der Gauklerjunge starrte ihn an, dann machte er eine sonderbare Bewegung mit dem Kopf, die wohl ein Nicken darstellen sollte. Gnides Lippen waren blau vor Kälte. Er schien nicht einmal mehr die Kraft zum Reden zu haben.

»Wo kommst du her?«, fragte Tibor. »Und wo sind die anderen? Bist du der Einzige, der entkommen ist?«

»Keine ... Zeit«, flüsterte Gnide. Seine Stimme klang matt und zitterte so stark, dass Tibor Mühe hatte, die Worte zu verstehen. »Wir müssen ... weg, ehe sie ... ehe sie wiederkommen«, murmelte er.

»Ehe sie wiederkommen?« Tibor deutete mit einer Kopfbewegung auf den toten Riesenwolf. »Wen meinst du? Die Wölfe?«

»Resnecs ... Häscher«, murmelte der Junge und nickte.

Tibor lachte leise. Es klang nicht ganz echt, aber er hoffte, dass das Gnide nicht auffiel. »Keine Sorge«, sagte er. »Einen habe ich erledigt und um den anderen kümmert sich Wolff. Von denen droht dir keine Gefahr mehr. Aber wo kommst du her? Und was ist geschehen?«

»Ich ... konnte fliehen«, krächzte der

Gauklerjunge. »Ich bin ... ihnen entkommen. Aber sie haben mich verfolgt, und dann kam der Nebel und der Schnee. Kalt. Mir ist ... so kalt.« Seine Stimme zitterte immer stärker und Tibor spürte, wie schwer es ihm fiel, überhaupt zu sprechen.

»Was ist geschehen?«, drängte Tibor. »Wo sind dein Vater und die anderen, Gnide! Sprich doch!«

»Kalt«, wimmerte Gnide. »Mir ist so ... kalt ... Wir ... müssen weg, ehe die ... Wölfe kommen. Ihr seid in ... Gefahr.«

»Das sind wir nicht«, widersprach Tibor, obwohl er sich nicht sicher war, dass Gnide seine Worte überhaupt hörte. Sein Zustand schien sich von Augenblick zu Augenblick zu verschlechtern, obwohl der Biss in seiner Schulter wirklich nicht mehr als ein Kratzer war. Ein recht tiefer Kratzer zwar, der auch stark blutete, aber sicherlich nicht lebensgefährlich. Aber er war halb erfroren und am Ende seiner Kräfte.

Tibor war mehr als nur erleichtert, als nach einer Weile das Geräusch von Hufschlägen durch den Nebel drang und Wolff aus dem Nebel auftauchte. Er hielt noch immer die Armbrust in der Rechten und auf seinem Gesicht lag ein Ausdruck von Zorn und Enttäuschung. Er hatte den Wolf nicht erlegt.

Tibor ging dem Rabenritter ein paar Schritte entgegen und hielt die Zügel, als er aus dem Sattel stieg. Wolffs Atem ging schnell und Tibor sah, dass Schweiß in kleinen glitzernden Tröpfchen auf seiner Stirn perlte. Sein Pferd dampfte in der Kälte.

»Er ist entkommen?«

Wolff nickte grimmig. »Wie vom Erdboden verschwunden, das Vieh«, sagte er. »Ich begreife das nicht. Es ist, als hätte der Nebel ihn verschluckt.« Er versuchte zu lächeln, um seinen Worten etwas von ihrem unheimlichen Klang zu nehmen, aber er wirkte unsicher. »Was ist mit dem Verletzten?«, fragte er abrupt und absichtlich das Thema wechselnd. »Lebt er?«

Tibor nickte. »Das schon, aber ...«

»Aber?«, wiederholte Wolff, als Tibor nicht weitersprach.

»Es ist Gnide«, sagte Tibor. »Wirbes Sohn.«

Wolff blickte ihn einen Moment stirnrunzelnd an, dann hängte er Armbrust und Köcher an den Sattelgurt zurück und ging zu dem toten Wolf hinüber. Ein Ausruf des Erstaunens kam über seine Lippen, als er das zottige schwarze Fell des Wolfes betrachtete. Sekundenlang blieb er reglos stehen, dann löste er sich mit einem Ruck aus seiner Erstarrung, kniete neben dem blassen Jungen nieder und zog behutsam die Decke auseinander, um ihn genauer zu untersuchen.

Tibor trat leise hinter ihn und blickte abwechselnd Wolff und Gnide an. »Wo mag er herkommen?«, fragte er. »Ich denke, Resnec hat sie alle mitgenommen?«

»Das weiß ich so wenig wie du«, antwortete Wolff, ohne den Blick von Gnide zu wenden. »Ist er schwer verletzt?«

Tibor zuckte mit der Schulter. »Ich weiß

nicht«, gestand er. »Eigentlich nicht, aber er ... er ist sehr schwach. Er zittert.«

»Weg«, murmelte Gnide. »Ihr müsst ... weg. Lycan wird ... wiederkommen.«

»Lycan?«

Tibor zuckte abermals mit den Achseln. »Ich weiß nicht, wen er meint. Vielleicht diesen riesigen Wolf. Aber den hast du ja verjagt.«

Seltsamerweise antwortete Wolff mit keinem Wort darauf, sondern blickte den zitternden Jungen nur weiter stirnrunzelnd an. »Er hat Recht, Tibor«, sagte er. »Wir müssen hier verschwinden. Der zweite Wolf lebt noch und mir ist nicht wohl, solange dieses Biest noch irgendwo in der Nähe ist.«

Gnide öffnete mühsam die Augen, aber sein Blick wirkte wie verschleiert. »Die ... Höhle«, flüsterte er. »Geht ... in die Höhle. Dort seid ihr ... sicher.«

»Wovon spricht er?«, fragte Tibor.

Wolff zuckte mit den Achseln. »Keine Ahnung. Es gibt keine Höhle hier in der

Gegend. Wahrscheinlich fantasiert er.« Er sah sich einen Moment suchend um und runzelte abermals die Stirn, als er die verletzte Graustute erblickte, ging aber auch diesmal mit keinem Wort darauf ein, sondern befahl Tibor nur mit einer stummen Geste, die Pferde zu holen.

Als er mit den Tieren am Zügel zurückkam, hatte Wolff Gnide wie ein kleines Kind in die Satteldecke gewickelt. Gemeinsam hoben sie den Jungen in den Sattel und banden ihn fest, denn er hatte nicht mehr die Kraft, sich selbst auf dem Rücken des Pferdes zu halten. »Wir werden laufen müssen«, sagte Wolff. »Deine Stute ist verletzt und mein Pferd trägt keine drei Reiter.«

Tibor nickte stumm und wollte zu seiner Stute gehen, um seinen Sattel und die Packtaschen zu holen, aber Wolff schüttelte hastig den Kopf. »Lass das«, sagte er. »Du kannst den Sattel und die schweren Taschen nicht tragen. Wir kommen später zurück und holen alles. Und bei diesem

Nebel verirrt sich bestimmt niemand hierher, der es uns streitig machen könnte.« Er deutete mit einer Kopfbewegung in die Richtung, aus der sie gekommen waren. »Vorwärts. Wir gehen zurück zum Dorf. Dort können wir ein Feuer machen. Der Junge erfriert uns hier.« Er seufzte und schüttelte noch einmal besorgt den Kopf. »So wie er aussieht, muss er seit Stunden durch diesen Schnee geirrt sein. Wenn er nicht bald ins Warme kommt, dann stirbt er.«

Der Nebel wurde dichter, während sie den Weg zurückgingen, und als hätte sich die Natur nun vollends gegen sie verschworen, drehte sich der Wind und blies ihnen abermals in die Gesichter. Es wurde noch kälter.

Tibor ertappte sich immer öfter dabei, besorgt zu der zusammengesunkenen Gestalt Gnides im Sattel hinaufzublinzeln. Der Junge regte sich von Zeit zu Zeit, aber es kam Tibor vor, als würden seine Bewegungen immer schwächer. Das leise Stöhnen, das er von Zeit zu Zeit von sich gab, ging im Heulen des Windes unter. Zudem ging es steil bergauf.

Vorhin, als sie auf der Fährte der beiden Wölfe geritten waren, war ihm das starke Gefälle kaum aufgefallen; jetzt, als er sich jeden Schritt in umgekehrter Richtung und zu Fuß den Hang hinaufquälen musste, spürte Tibor jeden Stein und jede unter dem Schnee verborgene Erdspalte. Er stolperte immer häufiger und seine Kräfte nahmen rapide ab. Zwei- oder dreimal fiel er hin und spürte unter dem Schnee scharfkantiges Geröll, wo eigentlich lehmiger Waldboden sein musste.

Der Nebel nahm weiter zu. Er wurde nicht wirklich dichter, schien aber auf schwer in Worte zu fassende Weise an Substanz zu gewinnen, dass man kaum noch die Hand vor den Augen sehen konnte. In das unablässige Heulen des Windes mischte sich jetzt ein neuer, ganz sonderbarer Ton, wie ihn Tibor noch nie zuvor gehört hatte: ein schleifendes Geräusch wie das

Scheuern von glattem Tuch auf Felsen oder Metall. Es erfüllte ihn mit Furcht.

Auch Wolff schien die beunruhigende Veränderung zu bemerken, die mit dem Nebel vor sich gegangen war, denn er sah sich immer öfter um, und auch in seinem Blick spiegelte sich mehr und mehr Nervosität, Aber er schwieg nach wie vor.

Tibors Stute schleppte sich nur noch mühsam voran und selbst Wolffs kräftiges Schlachtross begann schwerer zu atmen und seine Schritte wurden langsamer.

Ein mannshoher, von einem dünnen, vielfach gesprungenen Eispanzer überzogener Felsblock tauchte vor ihnen aus dem Nebel auf. Tibor konnte sich nicht erinnern, ihn auf dem Hinweg bemerkt zu haben. Aber ihre Spuren führten dicht daran vorbei – es war unmöglich, dass sie im Nebel vom Weg abgekommen waren. Auch der Wald blieb verschwunden.

Weiter und weiter quälten sie sich den nicht enden wollenden Berg hinauf.

Schließlich tauchte im Nebel ein Schatten vor ihnen auf. Zuerst dachte Tibor, sie hätten den Wald wieder erreicht – aber als der Hang immer steiler anstieg und mehr und mehr Steinbrocken wie spitze Riffe durch die weiße Schneedecke stießen, erkannte er, dass es eine Felswand war: eine gewaltige, eis- und schneeverkrustete Mauer, die nahezu lotrecht über ihnen in die Höhe stieg und mit der Nebelwand verschmolz. Die alten Hufspuren ihrer Pferde verschwanden in einer schmalen, wie mit einer gewaltigen Axt in den Stein gehauenen Bresche.

Tibor blieb so abrupt stehen, als wäre er gegen eine unsichtbare Wand geprallt. »Was ... mein Gott, was ist das?«, keuchte er. »Wo ist der Wald geblieben? Das ist doch nicht möglich!«

»Vielleicht ... vielleicht haben wir uns verirrt«, sagte Wolff halblaut. Er schien selbst zu spüren, wie wenig überzeugend seine Erklärung klang. Sie waren auf ihrer eigenen Spur zurückgegangen und hatten sogar die Umwege in Kauf genommen, die sie bei der Verfolgung der Wölfe gemacht hatten, um ja nicht vom Weg abzukommen. Tibor sah zwar ihre eigenen Spuren von vorhin, und dennoch wusste er, dass er hier noch nie gewesen war. Aber er widersprach Wolff nicht, denn die andere Erklärung, die es dann noch gab, erschien ihm so fantastisch, dass er sich schlichtweg weigerte, den Gedanken zu Ende zu denken.

In diesem Moment erscholl irgendwo unter ihnen im Nebel ein schauerliches Heulen, ein an- und abschwellender Laut, der sich an der Felswand brach und wie meckerndes Hohngelächter zu ihnen zurückgeworfen wurde. Wolff legte instinktiv die Hand auf den Schwertgriff und sah sich ängstlich um.

Aber unter ihnen war nichts. Nur der Nebel, der ihren überreizten Nerven mit seinem boshaften Wogen und Wallen alles Mögliche vorgaukelte, ohne sie indes wirklich etwas erkennen zu lassen. Und trotzdem hatte Tibor plötzlich wieder das

Gefühl, beobachtet zu werden. Beobachtet von großen roten Augen voller Mordgier und Hass.

Wolfsaugen.

Gnide regte sich stöhnend unter seiner Decke. »Resnec«, wimmerte er. »Das sind ... Resnecs Häscher. Bringt euch in Sicherheit. Die Höhle ...« Er stemmte sich mühsam im Sattel hoch, zog den Arm unter der Decke hervor und deutete nach links, auf einen Punkt vielleicht zweihundert Schritt vor ihnen am Fuße der Steilwand.

Ohne ein Wort zu verlieren, liefen sie los. Der Wind wurde stärker, aber der Nebel riss trotzdem nicht auf, sondern brodelte nur wie eine graue Lampe rings um sie und das Wolfsgeheul wurde zu einem ununterbrochenen Winseln, das von Augenblick zu Augenblick bedrohlicher wurde. Der Sturm riss trockenen Pulverschnee in wehenden Schleiern von der Wand und ein paar Mal lösten sich ganze Schneebretter von den Felsen und zerbarsten am Fuße der Mauer.

Die Höhle kam nur quälend langsam näher. Unter normalen Umständen wären es nur wenige Augenblicke für Tibor und Wolff gewesen, aber der knietiefe Schnee schien wie mit unsichtbaren Händen an ihren Beinen zu zerren und auch die Pferde stolperten immer öfter, als wäre unter dem Schnee etwas, was sie festhielt. Der Sturm wurde so stark, dass sie sich mit aller Kraft gegen die Böen stemmen mussten, um überhaupt noch von der Stelle zu kommen.

Ein neuerliches, schrilles Heulen durchbrach den Chor der Sturmböen.

Plötzlich spürte Tibor, wie der Boden unter seinen Füßen zu zittern begann. Erschrocken sah er auf. Die gesamte Felswand bebte und zitterte. Eine gewaltige Schneewehe löste sich von ihrem oberen Ende, zerbarst in Millionen kleinerer Teile und stürzte mit ungeheurem Getöse in die Tiefe.

»Eine Lawine!«, schrie Wolff. »Lauf, Tibor!«

Es wurde zu einem Wettlauf mit dem

Tod. Die Entfernung bis zum Höhleneingang betrug nicht einmal mehr fünfundzwanzig Schritte, aber diese wurden zu fünfundzwanzig Ewigkeiten, während derer sich die Welt in ein Chaos aus Lärm und dem flimmernden Weiß des herunterprasselnden Schnees verwandelte. Tibor stapfte verzweifelt auf den Riss im Felsen los. Er fiel hin, als ihn ein Eisbrocken an der Schulter streifte, rappelte sich wieder auf und warf sich mit letzter Kraft in den Höhleneingang. Neben ihm taumelte Wolff in den Schutz des Felsens, sein Pferd mit dem wimmernden Gnide im Sattel und Tibors Graustute am Zügel hinter sich herziehend.

Kaum dass sie in Sicherheit waren, erbebte der Fels noch einmal und die Welt draußen verschwand hinter Tonnen von Schnee, die den Ausgang versperrten.

Die Höhle war so groß, dass sich ihr Ende in dunstigen Schatten verlor. Aber von irgendwoher kam Licht, und als sie sich nach dem ersten Schrecken erhoben und die Pferde ein Stück vom Eingang wegführten, spürte Tibor einen leichten Luftzug. Es musste also einen zweiten Ausgang geben.

Nach und nach begannen sich Tibors Augen an das schattige Zwielicht im Inneren des Berges zu gewöhnen und er sah, dass die Höhle nicht so leer war, wie es im ersten Moment den Anschein gehabt hatte. Auf dem Boden waren Tierspuren und der Wind hatte Laub und trockenes Buschwerk hereingeweht. Es schien, als wären sie nicht die ersten Menschen, die in dieser Höhle Zuflucht gesucht hatten, denn sie fanden eine nicht sehr alte Feuerstelle und unweit davon sogar noch einen Vorrat an trockenem Brennholz. Ein Geschenk des Himmels, wie es Tibor in diesem Moment vorkam. Aber Wolff ließ ihm nicht viel Zeit, sich über diese unerwartete Entdeckung zu freuen, sondern befahl ihm ungeduldig Feuer zu machen und die Pferde abzusatteln, während er sich um den verletzten Jungen kümmern wollte.

Tibor gehorchte, und als er die verängstigten Tiere abgesattelt hatte und zurückkam, prasselte das Feuer bereits und verbreitete Helligkeit und wohl tuende Wärme.

Tibor setzte sich Wolff gegenüber auf den Boden und hielt seine vor Kälte taub gewordenen Finger über die Flammen. Die Wärme tat gut, aber gleichzeitig begannen seine Hände wie wild zu schmerzen. Er musste all seine Willenskraft aufbieten, um nicht vor Schmerz zu stöhnen.

Nachdenklich blickte er auf den bewusstlosen Gauklerjungen, den sie gerettet hatten. Wolff hatte ihn so dicht ans Feuer gelegt, wie es überhaupt möglich war, aber Tibor sah, dass sein Atem sehr flach ging und sich seine Augen hinter den geschlossenen Lidern unruhig hin und her bewegten, als hätte er einen Albtraum.

»Wird er es überleben?«, fragte er leise.

Wolff zuckte mit den Achseln. Er wirkte besorgt. »Ich hoffe es«, sagte er. »Er ist völlig unterkühlt. Aber er ist ein kräftiger Bursche. Er wird schon durchkommen.«

»Was ist das hier?«, fragte Tibor nach einer Weile. »Diese Höhle und ... und der Nebel? Was bedeutet das alles?«

Wolff starrte einen Moment an ihm vorbei in die Flammen, dann seufzte er auf sonderbar traurige Weise. »Es ist Resnecs Zauber«, sagte er leise. »Der Nebel, der uns eingehüllt hat, war kein Nebel. Jedenfalls kein Nebel, wie du ihn kennst, Tibor. Es waren die Schatten, die die Welten voneinander trennen.«

»Aha«, machte Tibor und Wolff lächelte flüchtig. »Ich weiß, es hört sich unglaublich an, aber das hier ...«

»... ist nicht mehr die Welt, die ich kenne«, unterbrach ihn Tibor. »Das hier ist Riddermargh, nicht wahr?«

Wolff starrte ihn sekundenlang wortlos an, dann nickte er. »Woher weißt du es?«

»Ich ... habe es schon einmal gesehen«, antwortete Tibor stockend. »An dem Morgen, nachdem wir vor Resnec geflohen sind. Erinnerst du dich? Du hast mich gefragt, warum ich so blass bin, und ich habe geantwortet, ich wäre zu schnell geritten. Das stimmte nicht. In Wahrheit hatte ich Angst. Alles war voller Nebel und dann habe ich es gesehen, aber nur für einen Moment. Es war genau wie heute.«

»Nur die Wölfe waren nicht da«, fügte Wolff hinzu.

Tibor schüttelte den Kopf. »Doch«, sagte er. »Ich habe sie gehört. Ich habe bloß nicht gewusst, was es bedeutet.«

»Du hättest es mir sagen müssen«, sagte Wolff leise. Seine Stimme bebte und Tibor hatte das Gefühl, dass er alle Kraft aufbot, um weiter so ruhig zu bleiben. Tibor erkannte trotz der schwachen Beleuchtung im Innern der Höhle, dass Wolff bleich geworden war.

»Ich ... war mir nicht sicher«, erwiderte er stockend. »Ich dachte, ich hätte mir das alles nur eingebildet und ... und ich hatte Angst, dass du mich auslachen würdest.«

»Auslachen?«, keuchte Wolff. Plötzlich

beugte er sich vor und ergriff Tibor so heftig bei der Schulter, dass es schmerzte. »Weißt du überhaupt, was das bedeutet?«, keuchte er. »Er hat das Weltentor geöffnet! Er ist nicht nur hier, um mich zu jagen, Tibor!« Er ließ Tibors Schulter los und schüttelte verzweifelt den Kopf. »Ich Narr!«, sagte er. »Ich verdammter Narr! Ich hätte es wissen müssen. Ich habe ihm den Weg hierher gezeigt und jetzt wird er seine Hand auch nach eurer Welt ausstrecken!«

Ein leises Stöhnen ließ ihn verstummen und aufsehen und auch Tibor drehte sich herum und sah den Gauklerjungen an. Gnides Lider zitterten. Mühsam öffnete er die Augen, starrte einen Moment mit leerem Blick an Tibor vorbei in die Flammen und fuhr plötzlich mit einem Schrei auf.

»Feuer!«, keuchte er. »Das Feuer! Macht es aus!«

Tibor konnte ihn gerade noch festhalten, als er aufspringen und rücklings vom Feuer davonkriechen wollte. Gnide schrie und versuchte sich zu wehren, aber er war noch viel zu schwach dazu, um Tibor ernsthaften Widerstand leisten zu können.

»Beruhige dich!«, sagte Tibor. »Du bist bei Freunden. Niemand tut dir etwas. Du bist in Sicherheit!«

Seine Worte zeigten Wirkung. Gnide hörte tatsächlich auf, sich unter seinen Händen zu winden, aber sein Blick blieb weiter starr auf die Flammen gerichtet. »Macht es aus!«, wimmerte er. »Es ist gefährlich!«

»Du brauchst keine Angst zu haben«, sagte Tibor. »Dieses Feuer tut niemandem etwas. Im Gegenteil. Du wärst jetzt tot, wenn wir es nicht hätten.«

»Es ist gefährlich!«, beharrte Gnide. »Es wird Resnec helfen. Das Feuer ist Resnecs Diener!«

Seine Worte weckten eine unangenehme Erinnerung in Tibor. Für einen ganz kurzen Moment glaubte er sich noch einmal auf den Dachboden versetzt, auf dem er und Wolff das erste Mal mit Resnecs Kriegern zusammengestoßen waren. Hatte er nicht selbst gespürt, dass das Feuer viel schneller und heißer brannte, als er es normalerweise kannte? Aber dann verscheuchte er den Gedanken und schüttelte wütend den Kopf. »Unsinn«, sagte er grob. »Dieses Feuer dient absolut niemandem außer uns.« Mit sanfter Gewalt richtete er Gnide auf, zog ihn wieder ein Stück näher ans Feuer heran und lächelte aufmunternd. Gnide starrte abwechselnd ihn, Wolff und die prasselnden Flammen an und in seinen Augen spiegelte sich die Furcht, die der Anblick der roten Glut in ihm auslöste.

Einen Moment lang hielt Tibor Gnides Schultern noch mit festem Griff umspannt, dann ließ er ihn vorsichtig los, rutschte ein kleines Stück von ihm weg und sah ihn fragend an. »Alles wieder in Ordnung?«

Gnide nickte. Tibor sah, welche Überwindung es ihn kostete, so ruhig in unmittelbarer Nähe der Flammen sitzen zu bleiben, aber er fühlte auch die belebende Wirkung der Wärme und beherrschte sich tapfer.

»Ja«, sagte er leise. »Ihr ... ihr habt mir geholfen. Du hast den Wolf getötet. Ich ... danke dir.«

»Bedanke dich bei Wolff«, antwortete Tibor, obwohl ihn die Worte des Gauklerjungen mit Stolz erfüllten, besonders, weil sie aus Gnides Mund kamen. »Wenn Wolff nicht im richtigen Moment aufgetaucht wäre, dann hätte das Vieh uns beide gefressen.«

Gnide sah auf, blickte Wolff über die Flammen hinweg an und nickte. »Danke«, sagte er. Dann wandte er sich wieder an Tibor. »Ist er entkommen?«

»Wer?«, fragte Tibor.

»Lycan«, sagte Gnide. »Der weiße Riesenwolf.«

»Ich fürchte«, antwortete Wolff an Tibors Stelle, »ich habe auf ihn geschossen, aber ich bin nicht sicher, ihn auch getroffen zu haben.« Er beugte sich vor und in den Ausdruck von Neugier in seinem Blick mischte sich Misstrauen. »Wie hast du ihn genannt – Lycan?«

Gnide nickte. »Ja. Er ist der Anführer von Resnecs Garde. Der Schlimmste von allen. Er wird wiederkommen.«

Tibor tauschte einen raschen, fragenden Blick mit Wolff, aber der Rabenritter hob nur die Schultern. »Wo kommst du her?«, fragte er, wieder an Gnide gewandt. »Und was wollten diese Wölfe von dir?«

»Es waren keine Wölfe«, widersprach Gnide. »Es waren Lycans Häscher.«

Tibor wollte etwas sagen, aber Wolff brachte ihn mit einem Wink zum Schweigen und nickte Gnide aufmunternd zu. »Warum erzählst du uns nicht einfach alles?«, fragte er. »Von Anfang an. Wir haben Zeit«, fügte er mit einer Geste in Richtung des verschütteten Eingangs hinzu. »Und wir sind nicht deine Feinde. Woher kommst du? Und wer ist dieser Lycan?«

Gnide blickte die beiden noch einen Moment stumm an. Tibor und Gnide hatten sich noch nie besonders gut leiden können, aber das zählte jetzt nicht. Schließlich hatte der Junge eine Menge durchgestanden.

»Ich ... konnte entkommen, nachdem sie uns auf die Insel gebracht hatten«, begann Gnide schließlich.

»Welche Insel?«, unterbrach ihn Tibor. »Ich verstehe nicht, wovon du redest, Gnide.«

»Erzähl von Anfang an«, bat Wolff. »Wir haben die Wagen gefunden, aber wir wissen nicht, was danach geschehen ist. Bitte – es kann wichtig sein.«

Gnide zögerte, aber dann nickte er, schluckte ein paar Mal hintereinander und begann mit leiser, stockender Stimme zu erzählen: »Resnec hat Vater geschlagen, nachdem ihr aus dem Dorf geflohen wart«, sagte er. »Er war sehr wütend. Ich hatte sogar Angst, dass er ihn umbringen würde. Aber dann hat er sich beruhigt und ist wieder weggegangen. Das ganze Dorf war aufgebracht, müsst ihr wissen. Sie wollten ihn hängen, weil er das Haus des Schulzen angezündet hatte. Er ist dann geflohen und am nächsten Tag sind wir auch weitergezogen.« Er sah kurz zu Tibor auf. »Vater war sehr wütend auf dich. Er wollte, dass ich dich suche und zurückbringe. Aber dann tauchte Resnec wieder auf. Er hat ... uns alle gefangen genommen und die Wagen angezündet. Vater und Gundolf haben versucht sich zu wehren, aber seine Krieger waren viel zu stark für uns. Sie haben uns in Ketten gelegt und weggebracht.«

»Wohin?«, fragte Wolff.

Gnide zuckte mit den Achseln. »Das weiß ich nicht. Es kam ... Nebel auf. Genau so ein seltsamer Nebel wie der dort draußen. Als er aufriss, waren wir in einem Tal. Einem Tal, wie ich es noch nie vorher gesehen habe. Alles war voller Leute und ...«

»Was für Leute?«, unterbrach ihn Wolff. Mit einem Male wirkte er wieder sehr besorgt.

»Männer und Frauen«, antwortete Gnide. »Aber auch Kinder und ... und Leute, die keine Menschen waren. Ein Heer. Aber das ... das habe ich erst später erfahren. Wir sind ein paar Tage dort geblieben und dann kam Resnec wieder und diesmal brachte er dieses Riesenvieh von Wolf mit. Vater, die Truppe und ich und ... und noch ein paar Dutzend anderer wurden auf ein Schiff gebracht. Wir segelten nach Norden – ich weiß nicht, wie weit, und ich weiß auch nicht, wohin, aber nach ein paar Tagen erreichten wir eine Insel und ...«

»Moment mal«, unterbrach ihn Tibor. »Sagtest du – nach ein paar Tagen?«

Gnide nickte.

»Aber es ist doch erst zwei Tage her, seit ich euch verlassen habe!«, begehrte Tibor auf.

Gnide starrte ihn an, als zweifelte er ernsthaft an seinem Verstand. »Ein paar Tage?«, wiederholte er. »Bist du verrückt? Seit dem Überfall auf uns ist fast ein Jahr vergangen!«

»Aber ...«

»Er sagt die Wahrheit, Tibor«, unterbrach ihn Wolff ruhig. »Die Zeit gehorcht nicht überall den gleichen Gesetzen. Ein Tag bei euch ist ein Jahr für uns. Er sagt die Wahrheit.« Er lächelte und wandte sich wieder an Gnide. »Erzähl weiter. Was geschah auf der Insel?«

»Nicht viel«, murmelte Gnide. »Wir wurden in eine Festung gebracht und ins Verlies gesteckt. Resnecs Riesenwölfe bewachten uns und ab und zu kam er selbst und brachte neue Gefangene. Er zwingt sie, in seinem Heer zu dienen.«

»Sein Heer?«, fragte Wolff. »Wozu braucht er es?«

»Das hat er nicht gesagt«, antwortete Gnide. »Aber ich habe mit anderen Gefangenen geredet, mit welchen, die schon länger da waren. Er lässt überall Männer und Frauen entführen, und es scheint, als plane er einen großen Krieg.«

Gnide brach ab und Tibor tauschte einen langen, besorgten Blick mit Wolff.

Sie wussten beide, wozu Resnec dieses Heer aufstellte.

»Sprich weiter«, sagte Wolff nach einer Weile.

»Ich konnte entkommen«, fuhr Gnide niedergeschlagen fort. »Die Wölfe bewachten uns Tag und Nacht, aber sie sind reißende Bestien, solange Lycan nicht bei ihnen ist. Einmal gerieten zwei von ihnen in Streit und begannen sich gegenseitig zu zerfleischen. Ich hatte gehört, dass es unter der Festung ein Tunnelsystem geben sollte, das ins Freie führt, und als die Wölfe miteinander kämpften, bin ich ihnen entwischt. So kam ich hierher.«

»Hierher?«, vergewisserte sich Wolff mit einer Geste auf die Höhle.

Gnide nickte, richtete sich ein wenig auf und deutete in das schattige Halbdunkel hinter ihnen. »Ja. Der Tunnel führt ganz hinauf bis unter die Festung. Ich dachte, sie hätten meine Spur verloren.« Seine Lippen begannen zu beben. Plötzlich senkte er den Blick, ballte in hilflosem Zorn die

Fäuste und starrte aus weit aufgerissenen Augen in die Flammen. »Habt ihr das Dorf gesehen?«, fragte er.

Wolff nickte. »Weißt du etwas darüber?«

»Es ist meine Schuld«, flüsterte Gnide. »Die ... die Leute haben mir geholfen. Ich war halb erfroren, als sie mich im Wald fanden. Sie haben mich aufgenommen und gepflegt. Aber dann sind Resnecs Wölfe aufgetaucht und ... und ...«

»Und?«, fragte Wolff hart, als Gnide nicht von sich aus weitersprach. »Was ist geschehen? Wo sind die Leute geblieben, die im Dorf gelebt haben? Ich habe ihre Spuren gesehen, aber sie selbst nicht.«

»Sie haben sie verschleppt«, sagte Gnide schluchzend. »Resnecs Häscher haben sie entführt.«

»Dann leben sie noch?«, vergewisserte sich Wolff.

Gnide nickte. »Ja. Aber ich weiß nicht, ob es gut für sie ist. Keiner, der in Resnecs Gewalt ist, kommt jemals wieder.« Plötzlich begann seine Stimme zu zittern. »Ihr seid auch in Gefahr«, sagte er. »Resnec weiß, dass ihr mir geholfen habt. Wir müssen weg hier. Macht wenigstens das Feuer aus!«

Wolff seufzte. »Ich verstehe dich ja, Junge«, sagte er sanft. »Aber wir sind hier in Sicherheit. Solange der Eingang verschüttet ist, kann niemand zu uns herein, nicht einmal Resnec und seine Wölfe.« Er lächelte, rutschte in eine bequemere Stellung und rieb die Hände über dem Feuer aneinander. Tibor sah, dass die Flammen beinahe seine Finger berührten. Mit ihrem unablässigen Flackern und Züngeln sahen sie beinahe aus wie kleine, gierige Hände, die Wolffs Arme zu ergreifen versuchten.

Gnide ging nicht mehr auf das Thema ein, aber sein Blick blieb weiter auf die Flammen gerichtet und der Ausdruck von Sorge darin war unübersehbar.

»Es gibt noch etwas, was ihr nicht wisst«, fuhr er nach einer Weile fort. Wolff sah auf und beugte sich neugierig vor und auch Tibor sah den Gauklerjungen gespannt an.

Aber Gnide kam nicht dazu, ihre Neugier zu befriedigen, denn in diesem Augenblick ließ ein schauerliches Heulen die Höhle erzittern. Gnide warf sich mit einer blitzartigen Bewegung nach hinten und riss Tibor mit sich. Aneinander geklammert rollten sie über den felsigen Boden der Höhle. Tibor stemmte sich hoch und schrie vor Schreck auf, als ein unerträglich grelles Licht wie eine dünne glühende Nadel in seine Augen stach.

Das Wolfsheulen war ein zweites Mal erklungen und im selben Augenblick schien das Feuer wie unter einem gewaltigen Faustschlag auseinander zu spritzen. Die Flammen explodierten zu einer Feuersäule, die sich bis unter die Höhlendecke erhob und den Fels schwärzte. Tibor taumelte zurück. Er hörte, wie Gnide irgendetwas schrie, das er nicht verstand, kroch hastig rücklings von dem immer höher auflodernden Feuer weg und versuchte sein Gesicht mit den Händen vor der Hitze zu schützen. Wie durch einen Schleier aus flimmernder Luft sah er, wie Wolff rücklings von den prasselnden Flammen wegtaumelte und wie er sein Gesicht mit den Händen zu schützen versuchte.

Aber der Rabenritter hatte weniger Glück als Gnide und er. Sein Fuß verfing sich an einem hervorstehenden Stein und er stürzte schwer zu Boden. Wolff versuchte zwar sofort wieder aufzustehen, aber er kam nicht mehr dazu, die Bewegung zu Ende zu führen.

Das Feuer loderte erneut zu greller Weißglut auf. Vor Tibors entsetzten Augen krochen kleine, züngelnde Feuerschlangen auf den gestürzten Ritter zu, kreisten ihn ein und begannen nach seinen Armen und Beinen zu greifen. Wie lodernde Fesseln wickelten sie sich um seine Handgelenke, umschlangen seine Beine und seinen Körper und zerrten ihn erneut zu Boden. Wolff schrie vor Schrecken, aber Tibor sah auch, dass die Flammen seine Haut nicht verbrannten, sondern ihn nur auf unheimliche Weise hielten. Binnen Sekunden war Wolff in einem engmaschigen, glühenden Netz aus Licht und lodernder Glut gefangen.

Tibor erwachte aus seiner Erstarrung, als eine Hand seine Schulter berührte. Erschrocken fuhr er herum und blickte in Gnides Gesicht.

»Das ist Resnecs Zauber!«, keuchte der Gauklerjunge. »Er hat uns aufgespürt! Wir müssen weg!«

Tibor wollte zu Wolff laufen, aber Gnide zerrte ihn mit erstaunlicher Kraft zurück. »Das hat keinen Zweck!«, schrie er. »Er wird uns auch fangen!«

Und wie um seine Worte zu unterstreichen, loderte das Feuer zum dritten Mal auf. Die Hitze stieg ins Unerträgliche und Tibor sah, wie ein halbes Dutzend kleiner, im Zickzack hin und her huschender Feuerschlangen aus der Glut hervorbrach und auf ihn und Gnide zuraste.

Gnide packte seine Hand und zerrte ihn

hinter sich her, fort von dem unheimlichen Feuer und tiefer hinein in die Höhle. Hinter ihnen erklang Lycans Heulen wie meckerndes Hohngelächter.

Der Eingang und die Feuersäule blieben rasch hinter ihnen zurück, und als sich Tibor nach einer Weile umsah, gewahrte er hinter sich nichts als graues Zwielicht. Aber Gnide gestattete ihm keine Atempause, sondern rannte immer tiefer in die Höhle hinein. Erst als Tibor vor Erschöpfung einfach nicht mehr konnte und schlichtweg zusammenzubrechen drohte, ließ er seine Hand los und gestattete ihm und sich selbst eine kurze Rast. Schwer atmend ließ sich Tibor auf einen Felsbrocken sinken, verbarg für Sekunden das Gesicht zwischen den Händen und wartete, bis sein Herz aufhörte wie wild zu pochen.

»Wir müssen weiter«, drängte der Gauklerjunge. »Resnec wird uns verfolgen. Wir müssen aus der Höhle heraus.«

Tibor hob müde den Blick, fuhr sich mit

dem Handrücken über die Augen und starrte an Gnide vorbei tiefer in die Höhle hinein. Der steinerne Tunnel zog sich so weit dahin, wie er sehen konnte.

»Was ... was war das?«, fragte er stockend. »Dieses Feuer und das Heulen?«

»Resnecs Magie«, antwortete Gnide düster. »Ich habe euch ja gesagt, dass das Feuer sein Verbündeter ist.«

»Aber das ist doch Unsinn!«, sagte Tibor schwach. »Ein Feuer ist ein Feuer und sonst nichts. Es ist niemandes Verbündeter. Niemand kann mit ihm sprechen!« Seine eigenen Worte klangen wenig überzeugend in seinen Ohren. Obgleich er gesehen hatte, was geschehen war, weigerte er sich einfach, es als Wahrheit zu akzeptieren.

»Resnec kann das schon«, entgegnete Gnide leise. »Er kann mit dem Feuer reden. Und es gehorcht ihm.«

»Und Wolff?«, fragte Tibor leise. »Was ist mit Wolff? Ist er ... tot?«

Gnide schüttelte den Kopf.

»Dann müssen wir ihm helfen«, sagte Tibor.

»Das geht nicht«, erwiderte Gnide. »Er ist in Resnecs Gewalt. Lycan wird ihn zu seinem Herrn bringen und Wolff wird zu einer von Resnecs Kreaturen. Niemand kann das noch ändern.«

»Ich schon!«, behauptete Tibor. »Ich muss es wenigstens versuchen. Wolff ist mein Freund. Ich kann nicht einfach zusehen, wie ihn diese Ungeheuer verschleppen!«

»Das kannst du nicht, Tibor«, sagte der Gauklerjunge ernst. »Lycan wartet nur darauf, dass du zurückkommst. Wenn du ihm wirklich helfen willst, dann lass uns von hier verschwinden, ehe sie uns auch noch einfangen.« Er ergriff Tibors Arm, aber Tibor schlug seine Hand grob beiseite und blickte zurück in die Richtung, aus der sie gekommen waren. Die Höhle verlor sich irgendwo hinter ihnen im Dunkeln, wie ein gewaltiger, vielfach gekrümmter Maulwurfsgang, der den massiven Fels durchzog. Die Schatten an den Wänden schienen sich spöttisch zu bewegen, als wollten sie ihn verhöhnen, und wenn er ganz genau hinhörte, glaubte er in der Ferne ein leises, an- und abschwellendes Heulen wie das eines riesigen Wolfes zu vernehmen. Es existierte zwar nur in seiner Einbildung, das wusste er, aber es erfüllte ihn trotzdem mit einer tiefen Furcht, einer Angst, die er bereits draußen in diesem sonderbaren Nebel verspürt hatte.

Schaudernd wandte er sich um und sah Gnide an. »Was ist das hier?«, fragte er. »Du hast gesagt, dass dieser Gang zur Festung hinaufführt.«

Gnide nickte. »Ja. Es ist weit und der Weg ist nicht ungefährlich, aber ...«

»Zeig ihn mir«, verlangte Tibor.

Gnide starrte ihn an, als zweifele er ernsthaft an seinem Verstand. »Dort hinauf?«, keuchte er. »Du glaubst im Ernst, ich gehe freiwillig zurück?«

»Wohin willst du denn sonst?«, fragte

Tibor ernsthaft. »Wieder nach unten? Geh doch – ich bin sicher, sie warten nur darauf.« Er ballte zornig die Fäuste und deutete nach hinten. »Du hast gar keine andere Wahl«, fuhr er fort. »Selbst wenn du dich durch den Schnee gräbst und aus der Höhle herauskommst, dann warten Resnecs Wölfe auf dich. Das nächste Mal ist vielleicht niemand da, der dich rettet, Gnide.«

Gnide starrte ihn an und Tibor konnte sehen, wie es hinter seiner Stirn arbeitete. »Also?«, fragte er schließlich.

Gnide presste die Lippen zusammen, schloss für einen Moment die Augen – und nickte.

Ohne ein weiteres Wort wandten sie sich um und gingen weiter.

Die Höhle schien kein Ende zu nehmen. Stundenlang, so kam es Tibor vor, quälten sie sich über den steinigen Boden, kletterten über Felstrümmer und umgingen abgrundtiefe Risse, die plötzlich wie heimtückische Fallgruben vor ihnen aufklafften.

Und die ganze Zeit huschten Schatten hinter ihnen. Tibor sprach nicht zu Gnide von seinem Gefühl, aber er spürte immer deutlicher, dass diese Schatten hinter ihnen mehr als nur Schatten waren.

Nach einer Weile wurde es wärmer. Die Wände waren nun nicht mehr mit Schnee und Raureif verkrustet und im gleichen Maße, in dem der Boden unter ihren Füßen anzusteigen begann, verdrängte ein warmer Hauch den eisigen Griff der Kälte. Hier und da schimmerten kleine, ölige Pfützen auf dem Boden. Eine Zeit lang führte der Weg bergab und sie bewegten sich weiter in die Erde hinein statt nach oben.

Dann spürte er loses, scharfkantiges Geröll unter den Füßen und plötzlich stieg der Boden so steil an, dass er fast auf Händen und Knien hinter Gnide herkriechen musste.

Schließlich blieb der Gauklerjunge stehen und hantierte eine Weile irgendwo vor

Tibor in der Dunkelheit herum. Metall klapperte auf Stein. Ein Funke glomm auf, erlosch wieder, flammte ein zweites Mal auf und wuchs plötzlich zur knisternden Flamme einer Pechfackel heran.

Tibor blinzelte, als die Dunkelheit von rötlichem Feuerschein durchdrungen wurde. Erstaunt sah er sich um. Der Gang erweiterte sich vor ihnen zu einer gewaltigen, kuppelförmigen Höhle, deren Boden so tief unter ihnen lag, dass sich das flackernde Licht der Fackel verlor, lange bevor es ihn erreichte. Nur direkt vor ihnen führte ein schmaler, zu allem Überfluss auch noch abschüssiger Sims wie ein Balkon an der Wand entlang zur gegenüberliegenden Seite.

»Da ... da müssen wir hinüber?«, fragte Tibor. Seine Stimme zitterte und die sonderbare Akustik der Höhle warf seine Worte vielfach gebrochen und ins Unheimliche verzerrt zurück. Es klang wie böses Hohngelächter in seinen Ohren.

In Gnides Augen blitzte es spöttisch

auf, aber er sagte nichts, sondern nahm stattdessen eine zweite Fackel aus einer Wandnische, setzte sie in Brand und drückte sie Tibor in die Finger. Dann wandte er sich wortlos um und balancierte mit traumwandlerischer Sicherheit über den kaum handbreiten Sims.

»He!«, protestierte Tibor. »So warte doch!«

Gnide blieb tatsächlich stehen, suchte mit der Rechten Halt an der Wand und drehte den Kopf. »Worauf wartest du?«, fragte er. »Ich denke, du hast gelernt, auf einem Drahtseil zu gehen. Das hier ist breiter.«

Tibor schluckte. »Sicher«, sagte er nervös. »Aber unter dem Seil war ein Netz.«

Gnide zuckte mit den Achseln, drehte sich um und ging weiter.

Tibor schloss für einen Moment die Augen, sammelte allen Mut, den er aufbringen konnte, und ging dann mit zitternden Knien hinter ihm her.

Er wusste nicht, wie lange es dauerte,

wahrscheinlich nur Minuten – aber in seiner Einbildung wurden sie zu Stunden. Der Sims war spiegelglatt und aus der Tiefe wehte ein seltsamer warmer Luftstrom zu ihnen empor. Dann und wann glaubte Tibor ein dumpfes Grollen aus dem bodenlosen Schacht zu hören und einmal drohte sein Herzschlag vor Schrecken auszusetzen, als ein blassgelber Blitz die Schwärze tief unter ihnen aufhellte. Sekunden später begann der Felssims unter ihren Füßen zu zittern, und intensiver Schwefelgestank hüllte sie ein. Die Erde hatte ihre Pforten geöffnet und spie einen glühend heißen Brei aus.

Tibor war in Schweiß gebadet, als sie endlich den jenseitigen Rand der Höhle erreichten und der Sims in ein breites, sicheres Felsband überging, das wenige Schritte vor ihnen in einem weiteren Stollen verschwand. Gnide probierte mit federndem Schritt, ob der Untergrund sicher war, drehte sich herum und streckte Tibor die Hand entgegen.

»Hast du noch mehr solcher Überraschungen auf Lager?«, fragte Tibor, nachdem er zu ihm hinaufgestiegen war. Sein Atem ging schnell und sein Herz raste, als wäre er meilenweit gerannt.

Gnide grinste. »Noch einige«, sagte er. »Aber das schlimmste Stück liegt hinter uns. Von jetzt an wird es nur noch mühsam – nicht mehr gefährlich. Komm!« Er wandte sich um, hob seine Fackel und ging weiter. Tibor hätte viel darum gegeben, wenigstens einen Augenblick ausruhen zu können, aber er musste ihm wohl oder übel folgen, wollte er nicht den Anschluss verlieren. Und der Gedanke, allein in diesem lichtlosen Labyrinth zurückzubleiben, jagte ihm einen eisigen Schauer über den Rücken.

Fast eine Stunde lang führte ihn Gnide kreuz und quer durch einen wahren Irrgarten aus steinernen Tunnels, Stollen, Gängen, Hallen mit riesigen Kuppeln aus schwarzem Fels, Treppen und schräg nach oben führenden Rampen, die teils natürlich gewachsen, teils in den Felsen gemeißelt oder auch gemauert schienen. Oft kreuzten sich die Gänge oder taten sich Abzweigungen vor ihnen auf und ein paar Mal blieb Gnide stehen und überlegte einen Moment, ehe er sich für einen Weg entschied. Allmählich stiegen sie höher hinauf und gerade, als Tibor ernsthaft darüber nachzudenken begann, ob Wirbes Sohn vielleicht doch irgendwo die richtige Abzweigung verpasst hatte und sie vielleicht hier unten im Kreis laufen würden, bis sie elendiglich verhungert wären, blieb der Gauklerjunge stehen und deutete auf eine steile, gemauerte Treppe, die vor ihnen in die Höhe führte. Im zuckenden Licht der Pechfackeln war die geborstene Oberfläche einer Tür zu erkennen, die an der obersten Stufe abschloss.

»Dahinter liegen die Verliese«, flüsterte er. »Wir sind da. Keinen Laut mehr jetzt. Es kann sein, dass er auch hier unten Wachen aufgestellt hat.«

Er warf die Fackel zu Boden, trat sie aus

und zog ein Messer unter dem Wams hervor. Auch Tibor löschte seine Fackel, ließ die Waffe aber noch im Gürtel und trat schweigend an Gnides Seite. Nebeneinander gingen sie die ausgetretenen Steinstufen hinauf und blieben vor der Tür stehen.

Tibor konnte nicht erkennen, was Gnide tat, aber er hörte ihn im Dunkeln am Türschloss hantieren und schon nach wenigen Sekunden quietschten rostige, seit Jahrzehnten wohl nicht mehr benutzte Scharniere. Ein kühler Luftzug streifte sein Gesicht. Gnide nahm ihn am Arm und zog ihn mit sich durch die Tür.

Sie befanden sich am Ende eines langen, von fahlem Licht erfüllten Ganges, von dem zahlreiche Türen abzweigten. Wasser stand in Pfützen auf dem Boden und es roch durchdringend nach fauligem Stroh und Abfällen. Ein leises Stöhnen drang an Tibors Ohr und ließ ihn schaudern, bis er erkannte, dass es nur das Geräusch des Windes war, der sich weit über ihnen irgendwo fing.

»Die Verliese«, flüsterte Gnide. »Komm mit – aber bleib immer dicht hinter mir. Und keinen Laut!«

Die beiden letzten Sätze hätte Gnide sich sparen können, dachte Tibor. Er hätte sich eher beide Hände abhacken lassen, als allein hier unten zurückzubleiben, und die Furcht schnürte ihm derartig die Kehle zu, dass er sowieso keinen Ton hervorgebracht hätte. Geduckt huschte er hinter Gnide den Gang entlang, blieb stehen, als sie eine Abzweigung erreichten, und zog nun doch sein Schwert.

Gnide zögerte, er schien nicht ganz sicher zu sein, welche Richtung sie einschlagen sollten.

»Was ist?«, flüsterte Tibor. »Weißt du nicht, wo wir hin müssen?«

»Ich ... bin nicht sicher«, antwortete Gnide. »Ich glaube, der Kerker liegt rechts – aber ...« Er brach ab, schüttelte den Kopf und fuhr sich nervös mit der Zungenspitze über die Lippen. Sein Gesicht wirkte unnatürlich blass.

»Ich denke, du warst fast ein Jahr lang hier?«, murmelte Tibor.

»Sicher – aber nicht als Ehrengast mit Schlossbesichtigung, weißt du?«, fuhr Gnide gereizt auf, lächelte aber sofort entschuldigend und deutete nach rechts. »Dort entlang«, sagte er nun bestimmt. »Hinter der nächsten Abzweigung müsste der Kerker liegen.«

Lautlos schlichen sie weiter. Der Gang endete nach wenigen Schritten vor einer geschlossenen Tür, aber Gnide öffnete sie so mühelos wie die erste, streckte vorsichtig den Kopf hindurch und winkte, als er den Gang dahinter leer fand.

Vor ihnen erstreckte sich ein weiterer Stollen, der zur Linken vor einer breiten, steil in die Höhe führenden Treppe und zur Rechten vor einer massiven Tür aus eisenbeschlagenem Holz endete.

Und vor der Tür stand eine Wache.

Tibor unterdrückte im letzten Augenblick einen Schreckensschrei. Der Mann war ein Riese, an die zwei Meter groß und breitschultrig, dass selbst Resnec neben ihm wie ein Schwächling wirken musste. In den Händen trug er das gewaltigste Schwert, das Tibor jemals zu Gesicht bekommen hatte, und der Blick seiner weit aufgerissenen, starren Augen war genau in den Tibors gerichtet.

Aber es war kein Leben in diesen Augen. So wenig wie in der Gestalt des Kriegers.

Der Mann war kein Mann, sondern eine Statue aus grauem Stein, so perfekt, dass Tibor sie im ersten Moment für einen lebenden Menschen gehalten hatte.

Auch Gnide war stehen geblieben, aber auf seinem Gesicht spiegelte sich nicht so sehr Erleichterung, sondern eher Sorge, als er den Steinkrieger sah. »Der Kerl ist neu«, murmelte er. »Beim letzten Mal gab es ihn noch nicht. Er gefällt mir nicht.«

»Vielleicht ist es Resnecs Lieblingsspielzeug«, sagte Tibor ungeduldig. »Jedenfalls tut er uns nichts. Geh weiter!« Aber er fühlte sich nicht halb so mutig, wie seine

Worte glauben machen konnten. Gnide hatte Recht – es war etwas Unheimliches an der steinernen Statue. Der Blick ihrer Augen schien jeder ihrer Bewegungen zu folgen, obwohl Tibor wusste, dass das schlechterdings unmöglich war.

Gnide sah ihn nachdenklich an, musterte dann noch einmal den steinernen Riesen und nickte endlich. Aber es war ihm anzusehen, dass ihm nicht sehr wohl in seiner Haut war.

Eng an die Wand gepresst, schoben sie sich an dem steinernen Giganten vorbei und blieben vor der Tür stehen. Behutsam zog Gnide den Riegel zurück, drückte die Tür sacht nach innen und spähte durch den Spalt. Enttäuschung stand in seinem Gesicht.

»Was ist?«, fragte Tibor. »Ist das nicht das Verlies?«

»Doch«, murmelte Gnide. »Es ist nur ...« Er seufzte, presste die Lippen zusammen und stieß die Tür mit einem Ruck auf. »Sieh selbst.«

Tibor trat neben ihn und sah durch die Tür. Der Raum auf der anderen Seite war riesig. Sein Boden lag gute drei Meter unter der Tür und war nur durch eine morsche Holzleiter zu erreichen, die so an einer Kette aufgehängt war, dass sie automatisch außer Reichweite der Gefangenen gezogen wurde, wenn man die Tür schloss. Auf dem Boden lagen feuchtes Stroh und Essensreste und der Geruch, der Tibor entgegenschlug, verriet ihm, dass sich bis vor kurzer Zeit noch Menschen hier aufgehalten haben mussten.

Jetzt war er leer.

»Zu spät«, murmelte Gnide. »Er muss sie fortgeschafft haben. Er ...«

Ein knirschendes Geräusch hinter seinem Rücken ließ ihn verstummen. Tibor glaubte eine Bewegung aus den Augenwinkeln zu sehen, fuhr herum und riss kampfbereit das Schwert in die Höhe.

Entsetzt prallte er zurück, als er sah, wie sich der riesige Steinkrieger zu bewegen begann.

Und plötzlich ging alles unglaublich schnell. Gnide wirbelte herum, stieß Tibor zur Seite und führte einen gewaltigen Hieb mit dem Messer gegen den Hals des steinernen Kolosses, aber der Steinmann wich seinem Schlag mit überraschender Behändigkeit aus, packte Gnides Klinge und zerbrach sie mit einer mühelosen Bewegung. Gnide stieß einen überraschten Schrei aus und entging im letzten Moment einem gewaltigen Faustschlag des Steinernen. Aber der Riese folgte ihm, breitete die Arme aus wie ein angreifender Bär und trieb ihn Schritt für Schritt auf die Tür und den drei Meter tiefen Abgrund zu.

Endlich überwand auch Tibor seine Überraschung. Mit einem beherzten Sprung war er neben Gnide, lenkte den Steingiganten für eine Sekunde ab und warf Gnide gleichzeitig sein Schwert zu. Der Gauklerjunge fing es geschickt auf, tauchte blitzschnell unter einem erneuten gewaltigen Faustschlag hindurch und riss Tibor mit sich, als er mit einem verzweifelten Satz außer Reichweite zu gelangen versuchte.

Doch der Steinkrieger folgte ihnen mit einer unglaublich schnellen Bewegung. Seine riesigen Hände schlossen sich wie eiserne Schraubstöcke um Tibors Schultern, rissen ihn mit übermenschlicher Kraft in die Höhe und schleuderten ihn gegen die Wand. Vor Tibors Augen tanzten farbige Ringe.

Hinter ihm schrie Gnide zornig auf, spreizte die Beine und schwang das Schwert in einem gewaltigen, beidhändig geführten Hieb gegen den Schädel des Steinkriegers. Die Klinge prallte mit einem Knirschen gegen das mächtige Haupt des Kolosses, federte zurück – und brach ab.

Aber der Hieb war doch so gewaltig gewesen, dass er selbst diesen steinernen Titanen erschüttert hatte. Der Riese wankte und suchte mit wild rudernden Armen seine Balance wieder zu finden.

Tibor reagierte instinktiv. Mit aller Kraft, die ihm geblieben war, stieß er sich ab und rammte ihm die Schulter in den Leib. Ein heftiger Schmerz durchzuckte seinen Arm. Stöhnend sank er zu Boden und krümmte sich. Aber die neuerliche Erschütterung ließ den Steinkrieger langsam nach hinten umkippen. Er fiel durch die Kerkertür und schlug mit gewaltigem Getöse auf den drei Meter tiefer gelegenen Zellenboden auf, dass der ganze Berg unter ihren Füßen zu erbeben schien.

Tibor stemmte sich taumelnd auf die Füße, stolperte zur Zellentür und blickte hindurch. Der granitene Leib des Kolosses war geborsten, Arme und Beine abgebrochen und in mehrere Teile zersplittert und grauer Steinstaub rieselte wie Blut aus einem klaffenden Riss in seiner Stirn.

Hinter ihnen ertönte ein leises, spöttisches Lachen.

»Bravo«, sagte eine Stimme. »Das war eine Vorstellung, die die Mühe wert war, die zu arrangieren sie mir bereitet hat.«

Tibor erstarrte. Langsam und so mühevoll, als müsse er gegen eine unsichtbare

Fessel ankämpfen, richtete er sich auf und drehte sich um.

Am Fuße der Treppe waren zwei weitere graue Steinkrieger aufgetaucht, perfekte Ebenbilder des Titanen, den sie soeben mit knapper Not besiegt hatten. Und zwischen ihnen stand eine hoch gewachsene, in einen grauen Mantel gehüllte Gestalt. Ein Mann mit einem Gesicht wie aus Stein gemeißelt und einer rot leuchtenden Narbe auf der Wange.

»Willkommen auf Rabenfels«, sagte Resnec.

Der Thronsaal war ein gigantisches Gebilde aus schwarzer Lava, in dem selbst Resnecs hünenhafte Gestalt wie die eines Zwerges wirkte. Zwei graue Steinkrieger flankierten einen ebenfalls riesigen, aus schwarzer Lava bestehenden Thronsessel, auf dem Resnec Platz genommen hatte. Auch beiderseits des Einganges standen zwei der großen, granitenen Krieger, statuenhaft und scheinbar ohne Leben. Direkt neben dem schwarzen Thron lag der Wolf. Es war derselbe, dem Tibor auf der schneebedeckten Ebene gegenübergestanden hatte – ein riesiges, weißes Tier, zottig wie ein

Bär und genauso massig. Obwohl er sich wie eine liegende Sphinx ausgestreckt hatte, ruhte Resnecs Hand auf seinem Rücken – in gleicher Höhe mit der Armlehne. In den Augen des Riesenwolfs loderte dieselbe Mordlust und Gier, die Tibor auch schon bei ihrer ersten Begegnung darin gelesen hatte. Was immer dieser Wolf war – er war kein normales Tier.

»Nun, mein junger närrischer Freund?«, fragte Resnec spöttisch. »Hast du genug gesehen? Und vor allem – bist du zufrieden mit dem, was du gesehen hast?«

Er kicherte, beugte sich vor und gab einem der Steinkrieger ein Zeichen, Tibor und Gnide in Fesseln zu legen.

Voller Hass starrte der Gauklerjunge den Magier an und wollte sich auf ihn stürzen. Doch Tibor hielt ihn am Arm fest, die Aussichtslosigkeit eines solchen Unterfangens erkennend.

Heftig drehte sich Gnide zu Tibor um. »Musst du dich immer in alles einmischen?« Seine Stimme zitterte vor Wut.

»Verflucht sei der Tag, an dem meine Familie dich bei uns aufnahm. Es ist alles deine Schuld. Hättest du dich nicht eingemischt, dann wären wir nicht hier. Du und dieser verdammte Rabenritter!«

Tibor setzte zu einer Antwort an, aber Resnec schnitt ihm mit einer befehlenden Geste das Wort ab. »Hört auf mit eurem kindischen Gezänk«, sagte er. »Führt den Burschen ab!«

Gnide wurde von zwei Steinkriegern gepackt und aus dem Saal geführt.

Betroffen schaute Tibor ihm nach. »Ich wusste nicht, dass er mich so hasst«, murmelte er.

»Das wundert dich noch, nach allem, was du ihm und seiner Familie angetan hast?« Resnec runzelte die Stirn, kraulte dem Riesenwolf scheinbar gedankenverloren den Nacken und maß Tibor mit einem langen, abfälligen Blick. »Du kannst es drehen und wenden, wie du willst, Tibor – aber er hat Recht. Hättest du dich nicht eingemischt ...«

»Hättest du sie trotzdem entführt, genauso, wie du das Dorf überfallen und die Leute verschleppt hast«, unterbrach ihn Tibor wütend.

Lycan ließ ein drohendes Grollen hören. Resnec legte ihm beruhigend die Hand zwischen die Ohren und warf Tibor einen warnenden Blick zu. »Sci vorsichtig«, sagte er. »Lycan mag es nicht, wenn jemand in diesem Ton mit mir redet.«

Tibor betrachtete das riesige Tier mit einer Mischung aus Furcht und Bewunderung. Als er Lycan das erste Mal gesehen hatte, war alles furchtbar schnell gegangen: Der Nebel hatte ihn das Tier beinahe nur als Schemen erkennen lassen und die Angst hatte in Tibors Augen ein grauenhaftes Ungeheuer aus dem Wolf gemacht. Jetzt sah er, dass das nicht stimmte. Lycan war nicht hässlich, im Gegenteil. Er war ein wunderbares Tier, so schön, wie Tibor noch keines zuvor gesehen hatte – aber es war eine tödliche Schönheit.

Mühsam riss er sich von Lycans Anblick

los und wandte sich wieder an Resnec. »Was willst du?«, fragte er. »Hast du mich nur rufen lassen, um mich zu verspotten?«

Resnec presste ärgerlich die Lippen aufeinander. »Keineswegs«, sagte er. »Ich bin kein Narr, das solltest selbst du schon begriffen haben. Ich habe dich herbringen lassen, um dir ein Angebot zu unterbreiten – dasselbe Angebot, dass ich auch deinem Freund Wolff schon gemacht habe.«

»Wolff?«, entfuhr es Tibor. »Er lebt? Wo ist er?«

Resnec hob besänftigend die Hand. »Du wirst ihn früh genug sehen«, sagte er. »Zuerst wirst du meine Frage beantworten. Du bist in meiner Gewalt, ich könnte dich töten, wenn ich es wollte. Ich hätte es schon ein paar Mal tun können. Aber ich kann einen wie dich gebrauchen. Ich biete dir an, an meiner Seite statt gegen mich zu kämpfen. Überlege es dir gut, denn du wirst nur diese eine Chance bekommen.«

»An deiner Seite?«, erwiderte Tibor ungläubig. »Du musst verrückt geworden sein. Ich würde die erste Gelegenheit nutzen, dir den Hals umzudrehen.«

Seltsamerweise reagierte Resnec ganz anders auf diese Beleidigung, als Tibor erwartet hatte. Er lachte, laut und schallend, dann gab er Lycan einen spielerischen Klaps auf den Nacken, beugte sich vor und sah mit stechenden Augen auf Tibor herab.

»Jetzt sehe ich, dass ich mich nicht getäuscht habe«, sagte er. »So gefällst du mir. Du hast den Hals schon in der Schlinge, aber du drohst noch immer.« Er lachte wieder, schüttelte den Kopf und fuhr sich mit der Hand über die Augen, als müsse er sich die Tränen abwischen. Unvermittelt wurde er wieder ernst.

»Aber gut«, sagte er. »Ich will deine Unverschämtheit vergessen – auch wenn du eher eine gehörige Tracht Prügel verdient hättest. Mein Angebot war ernst gemeint und ich kann dir versichern, dass es mir vollkommen egal ist, ob du versuchen würdest, mich zu hintergehen oder nicht. Schmiede nur deine Ränke und versuche mich hereinzulegen. Aber bis es dir gelungen ist, dienst du mir.«

Erst jetzt wurde Tibor klar, dass Resnec ihn keineswegs nur verhöhnen wollte, sondern es ernst meinte.

»Also?«, fragte Resnec, als Tibor keinerlei Anstalten machte, zu antworten.

»Niemals«, sagte Tibor. Aber seine Stimme zitterte dabei und er spürte, wie ihm die Angst die Kehle zuzuschnüren begann. Es war gut möglich, dass er mit diesem einen Wort sein eigenes Todesurteil ausgesprochen hatte. Trotzdem hielt er Resnecs Blick weiter stand.

Der Magier schien nicht sonderlich überrascht zu sein. »Wie du meinst«, sagte er. »Ich halte dir zugute, dass du aufgeregt bist und wahrscheinlich Angst hast. Aus diesem Grunde werde ich dir eine Chance geben, deine Antwort noch einmal zu überlegen. Aber dein zweites Nein wird endgültig sein. Nicht einmal meine Geduld ist grenzenlos.«

Er richtete sich auf und klatschte in die

Hände. Einer der steinernen Krieger neben der Tür erwachte aus seiner Erstarrung, trat an Tibors Seite und legte die Hand auf seine Schulter.

»Bring seinen Freund her«, sagte Resnec kalt. Der Steinriese wandte sich wieder um und verließ den Raum, während Tibor den Magier gleichermaßen überrascht wie ungläubig anstarrte. Aber Resnec lächelte nur.

Es dauerte nicht lange und der steinerne Krieger kam zurück. Er führte eine gebückt gehende, in ein blutbeflecktes und zerrissenes weißes Gewand gekleidete Gestalt mit sich. Es war Wolff.

Der Rabenritter sah aus, als wäre er mehr tot als lebendig. Er war geschlagen worden. Auf Wolffs Stirn prangte eine lange, kaum verkrustete Wunde. Seine Haut glänzte fiebrig. Der Steinriese musste ihn mit einer seiner gewaltigen Pranken stützen.

»Wolff!«, entfuhr es Tibor. Er wollte auf den Rabenritter zugehen, aber der Steinriese stieß ihn grob zurück. Wütend fuhr Tibor herum und funkelte Resnec an. »Was soll das?«, zischte er. »Glaubst du, du könntest meine Entscheidung ändern, indem du meine Freunde quälst?«

Resnec lächelte. »Ein interessanter Gedanke«, sagte er. »Du bringst mich auf Ideen, Bursche. Aber ehe ich deinen Vorschlag aufgreife, frage ihn.« Er deutete auf Wolff. »Frage ihn, warum er dich belogen hat. Frage, warum er wirklich in das Dorf gekommen ist, und frage ihn auch, warum ich mir solche Mühe gemacht habe, dich lebend und unversehrt zu fangen. Vielleicht nimmst du Vernunft an, wenn du endlich die Wahrheit weißt.«

Verstört wandte sich Tibor um und sah Wolff an. »Was meint er damit?«, fragte er.

Wolff sah auf und fuhr sich mit der Zunge über die rissigen, aufgeplatzten Lippen. Er wollte sprechen, brachte aber nur ein unverständliches Stöhnen zustande. Resnec hob die Hand und gab einem seiner steinernen Diener einen Wink. Eine flache

Holzschale mit Wasser wurde gebracht, die man an Wolffs Lippen hielt. Der Ritter trank gierig.

»Jetzt rede!«, verlangte Resnec, nachdem Wolff die Schale bis zur Neige geleert hatte. Aber Wolff schwieg weiter und sah Tibor nur mit einem seltsam traurigen Blick an – so als wollte er ihn für etwas um Entschuldigung bitten.

»Du hast mich belogen«, sagte Tibor leise.

Wolff senkte den Blick. »Am Anfang nicht«, sagte er. »Später ja, aber zuerst ... wusste ich es nicht besser. Und später hatte ich Angst. Ich fürchtete, dass genau das passieren würde, was jetzt geschehen ist.«

»Sage es ihm!«, verlangte Resnec. »Sage ihm, wer er ist!«

Tibor sah den Magier und Wolff abwechselnd mit immer größerer Verwirrung an. »Wer ich bin?«, wiederholte er langsam. »Was soll das heißen?«

Wolff wich seinem Blick aus. »Erinnerst du dich, wie überrascht ich war, als ich deinen Namen hörte?«, fragte er. »Ich hielt es für Zufall. Später, als du mir erzählt hast, dass du ein Waisenknabe bist und nicht weißt, wer deine Eltern sind, habe ich begonnen die Wahrheit zu ahnen. Aber ich wollte dich nicht in Gefahr bringen. Deshalb habe ich dich in die Stadt gebracht und bin zurückgeritten, um Resnec auf eine falsche Spur zu locken. Als ich merkte, dass es zu spät war, kam ich zurück.«

»Ich verstehe immer noch nicht, was das alles zu bedeuten hat!«, sagte Tibor hilflos. »Was soll das heißen? Welche Wahrheit hast du erkannt und wer ...« Er zögerte instinktiv. »Wer soll ich wirklich sein?«

Wolff wich seinem Blick noch immer aus. »Du kannst es nicht wissen, Tibor«, sagte er. »Du warst noch ein Säugling, erst wenige Wochen alt, als deine Eltern dich fortschaffen ließen, um dich vor Resnecs Nachstellungen in Sicherheit zu bringen. Resnec hat Recht, Tibor, ich habe dich belogen. Du bist kein Waisenknabe ... Du ... du bist *Tibor von Rabenfels.* Der Erbe von Burg Rabenfels und ... und der letzte Sohn König Hektors. Des rechtmäßigen Herrn über ganz Riddermargh.«

Seine Worte trafen Tibor wie ein Schlag ins Gesicht. »Tibor von ... von Rabenfels?«, wiederholte er ungläubig. »Aber wer ... wer bist du dann?«

»Nichts als ein kleiner Betrüger«, sagte Resnec hämisch. »Ein Narr, der denkt, dass ein paar Kleider und ein Schwert allein schon einen Mann ausmachen.«

Wolff sah ihn traurig an. »Er hat Recht, Tibor«, sagte er niedergeschlagen. »Die Kleider, die ich trage, gehören viel mehr dir als mir. Ich ... ich bin nicht einmal ein richtiger Ritter, sondern nur ein Knappe. Mein Name ist Wolff – das von Rabenfels habe ich darangehängt, ohne das Recht dazu zu haben. Und die Rüstung habe ich gestohlen, ehe ich zu euch kam.«

»Aber warum?«, murmelte Tibor.

Wolff lächelte traurig. »Ich habe dich gesucht«, sagte er. »Natürlich nicht *dich*, denn ich kannte dich ja nicht. Niemand wusste, wie der letzte Spross derer von Rabenfels aussieht oder wo er zu finden war. Resnec hat überall verbreiten lassen, dass er tot ist. Aber ich wusste, dass das nicht stimmt. Ich habe dich gesucht, Tibor. Mehr als fünf Jahre lang bin ich durch das Land geritten, immer auf der Suche nach dir und auf der Flucht vor Resnec und seinen Kreaturen.«

»Und warum?«, fragte Tibor leise. »Selbst ... selbst wenn das alles stimmt, was könnte ich allein wohl ausrichten?«

»Eine Menge, du kleiner Narr«, antwortete Resnec an Wolffs Stelle. »Ich sage es dir, ehe es andere tun, denn erfahren wirst du es sowieso: Du bist nicht irgendwer, sondern der Sohn König Hektors. Der Sohn eines Magiers. Wolff und all diese anderen Narren, die sich noch immer weigern, sich meiner Macht zu beugen, glauben, dass du sein Talent geerbt haben könntest.« Er lachte hämisch. »Sie flüsterten deinen Namen hinter vorgehaltener Hand und dachten, dass du eines Tages zurückkehren und meine Herrschaft beenden könntest.«

»Ist das wahr?«, fragte Tibor an Wolff gewandt.

»Ja«, antwortete der Rabenritter. »Du bist nicht nur Tibor, der letzte Spross deines Geschlechtes. Es gibt eine Legende bei uns, Tibor. Die Legende von Tibor, dem weißen Ritter, der eines Tages kommen und Riddermargh aus großer Gefahr retten wird.«

»Der weiße Ritter …« Tibor wiederholte das Wort ein paar Mal in Gedanken. Obwohl er sich dagegen zu wehren versuchte, ließ es irgendetwas in ihm anklingen, etwas wie ein Wissen, das tief in ihm vergraben war und darauf wartete, dass er es entdeckte. »Aber das ist doch nur ein Märchen. Eine Legende«, murmelte er, mehr um sich selbst zu beruhigen.

»O nein«, sagte Resnec böse. »Riddermargh unterscheidet sich ein wenig von der Welt, in der du aufgewachsen bist, musst du wissen. Die Legende des weißen

Ritters ist so alt wie dieses Land, und es wäre nicht das erste Mal, dass eine Legende Wahrheit wird. Du bist der, auf den sie warten. Der weiße Ritter. Damit musst du dich abfinden.« Er lachte böse. »Nur werden sie nicht viel Freude an dir haben, fürchte ich.«

Tibor starrte den Magier an. Seine Augen brannten, aber es waren Tränen der Wut, die seinen Blick verschleierten. Schließlich wandte er sich wieder an Wolff.

»Stimmt das alles?«, fragte er leise.

Wolff nickte. »Ja. Deshalb ist ihm auch tausendmal mehr daran gelegen, dich lebend in seiner Gewalt zu haben. Er will, dass alle sehen, dass du sein Gefangener bist. Ich bin nicht der Einzige, der sich gegen seine Tyrannei auflehnt.«

»Aber ich bin kein Zauberer«, antwortete Tibor verstört. »Ich ...«

»Doch«, unterbrach Wolff ihn leise. »Nicht so, wie du das Wort zu kennen glaubst, Tibor. Aber du hast ... dasselbe Talent geerbt wie alle Rabenfels. Du kannst durch die Schatten gehen, so wie Resnec.«

Tibor starrte ihn an und Wolff erwiderte seinen Blick einen Moment lang stumm, ehe er leise fortfuhr: »Du hast es niemals erfahren und deshalb hast du dieses Talent niemals in dir entdeckt, Tibor, aber schon Resnecs Nähe reichte, es in dir zu wecken. Du erinnerst dich an den Morgen, nachdem wir aus dem Dorf geflohen sind? Du hast mir erzählt, dass du Riddermargh an diesem Tag schon einmal gesehen hast. Es war nicht Resnecs Magie, Tibor. Du selbst warst es, der die Schatten heraufbeschworen hat. Nur du allein. Deshalb will er, dass du zu ihm kommst, Tibor. Du hast dieselbe Macht wie er.«

»Das ... das stimmt nicht«, stammelte Tibor. Er spürte zwar, dass Wolff ihm diesmal die Wahrheit sagte, aber er wollte es einfach nicht glauben. »Ich bin kein Magier!«, wiederholte er erneut.

»Natürlich bist du das nicht«, unterbrach ihn Resnec. »Aber du könntest es werden. Ich meine es ehrlich, Tibor – komm zu mir. Ich könnte dich viele Dinge lehren. Ich würde deinem närrischen Freund da das Leben schenken und dir Macht und Reichtum geben. Und vielleicht, eines Tages ... wer weiß, ob du nicht irgendwann an meiner Stelle auf diesem Thron sitzen wirst. Die Welt ist groß, aber es gibt mehr als diese eine. Vielleicht gelüstet es mich eines Tages danach, eine andere zu erobern. Dann brauche ich einen Stellvertreter; und wer sollte besser dazu geeignet sein als der Sohn König Hektors?«

Tibor starrte ihn endlose Sekunden lang an, dann blickte er ebenso lang in Wolffs blutig geschlagenes Gesicht. Seine Stimme war leise, aber sehr fest, als er antwortete: »Niemals.«

Obwohl der achteckige Innenhof der Burg gewaltig war, schien er im Moment aus den Nähten zu platzen vor Menschen. Die Wachen hatten das Tor vor einer Stunde geöffnet und seither war der Strom von Männern und Frauen, die in die Burg kamen und den Hof füllten, nicht mehr abgerissen. Resnecs Krieger, die zu Anfang eine dicht geschlossene Doppelreihe aus Speeren und Schilden in der Mitte des Platzes gebildet hatten, waren längst bis an den Fuß der hölzernen Tribüne zurückgewichen; aber selbst hier wurde der Platz allmählich eng, denn die Menge wuchs noch immer. Ein halbes Dutzend gewaltiger schwarzer und grauer Wölfe bewegte sich zwischen den Soldaten auf und ab. Und noch einmal so viele patrouillierten beim Tor, auf der anderen Seite des Hofes.

»Ein beeindruckender Anblick, nicht?«, fragte Resnec, als Tibor vom Fenster zurücktrat. »Und es ist nur ein Bruchteil der Leute, die einmal mein Heer bilden werden. Nicht viel mehr als die Vorhut der Armee, die ich durch die Schatten schicken werde, um die Welt, in der du aufgewachsen bist, zu erobern. Du hättest sie anführen können, wenn du vernünftiger gewesen wärest.« Tibor schwieg, aber der Magier schien mit einer Antwort auch nicht ernsthaft gerechnet zu haben, denn er lachte nur leise und wandte sich an Wolff, der auf einem Stuhl neben der Tür saß, flankiert von zwei der gewaltigen grauen Steinkrieger.

»Fast das gesamte Volk ist zusammengekommen, um dem Schauspiel beizuwohnen«, fuhr Resnec höhnisch fort. »Ich hoffe, Ihr fühlt Euch geehrt, Wolff von Rabenfels.« Er betonte die Worte auf so spöttische Art, dass Tibor sich unwillkürlich herumdrehte. »Und du auch, mein junger närrischer Freund«, fügte er, an Tibor gewandt, hinzu. »Ihr werdet zwar sterben, aber ihr werdet zumindest die Ehre haben, es vor einem großen Publikum tun zu können.« Er grinste hämisch. »Dich als Gaukler sollte die Vorstellung eigentlich freuen. Es war doch sicher immer dein Traum, vor einer so großen Menge auftreten zu können.«

Tibor setzte zu einer wütenden Antwort an, aber Wolff kam ihm zuvor. »Lass den Jungen in Ruhe, Resnec«, sagte er scharf. »Er hat dir nichts getan. Wenn du jemanden brauchst, den du quälen kannst, dann nimm mich.«

»Quälen?« Resnec schüttelte den Kopf. »Aber ich bitte dich, Wolff – du tust mir Unrecht. Wollte ich dich quälen, dann würde ich dir sicher keinen so leichten Tod gewähren. Und worüber beschwerst du dich? Ich leiste deinem Volk einen Dienst. Durch deinen Tod wird der sinnlose Widerstand gegen mich ein Ende haben. Es wird dann niemanden mehr geben, für den zu kämpfen sich lohnt. Schon viel zu viele sind zu Schaden gekommen oder getötet worden in diesem sinnlosen Kampf.«

»Warum tust du das, Resnec?«, fragte Tibor mit bebender Stimme. »Bist du dir deiner Macht wirklich so wenig sicher, dass du vor den Augen deiner Untertanen Unschuldige ermorden lassen musst, um sie einzuschüchtern?«

Resnec sah ihn einen Moment stirnrunzelnd an, dann lachte er. »Du kannst deine Herkunft wirklich nicht verleugnen«, sagte er spöttisch. »Nur ein echter Rabenfels würde es wagen, so mit mir zu reden. Ich habe mich nicht in dir getäuscht. Du hast einen hellen Kopf, wie mir scheint. Leider nicht mehr allzu lange.«

Wolff presste wütend die Lippen aufeinander und spannte sich. Sofort legte ihm einer der beiden Steinkrieger die Hand auf die Schulter und drückte kurz und warnend zu. Wolff sank mit einem unterdrückten Schmerzlaut zurück.

Resnec schüttelte missbilligend den Kopf. »Noch immer der gleiche Hitzkopf wie damals«, sagte er. »Schade. Ich hatte große Hoffnungen in dich gesetzt, Wolff. Tapfere Männer kann ich immer gebrauchen, wie ihr wisst. Ich hatte gewisse Pläne mit dir.«

»Ich auch«, knurrte Wolff. »Gib mir ein Messer und ich beweise es dir.«

Resnec lachte, wurde dann plötzlich wieder ernst und machte eine rasche Bewegung mit der Hand. Die beiden Steinkrieger erwachten aus ihrer scheinbaren Starre und rissen Wolff in die Höhe.

»Du hast mich beleidigt«, sagte Resnec, »und ich hoffe, es hat dich erleichtert. Wenn du noch ein Gebet sprechen willst oder einen Wunsch hast, dann äußere ihn jetzt. Ich bin kein Unmensch.«

Einer der beiden Steinkrieger ließ Wolffs Arm fahren, trat nun auf Tibor zu und packte auch ihn bei der Schulter. Der Griff tat weh, sehr weh sogar, aber Tibor verbiss sich tapfer jeden Schmerzenslaut und starrte Resnec nur hasserfüllt an.

Der Magier lächelte kalt. »Du bist ein tapferer kleiner Kerl«, sagte er. »Und gewitzt dazu, wie du ja schon bewiesen hast. Wie ist es – hast du noch einmal über meine Worte nachgedacht?«

»Lieber sterbe ich«, antwortete Tibor trotzig.

Resnec nickte. »Das lässt sich einrichten«, sagte er. »Aber überlege es dir – eine Entscheidung wie diese lässt sich nur schwer wieder rückgängig machen, wie du weißt.«

Tibor verzichtete auf eine Antwort. Resnec winkte zwei seiner steinernen Krieger herbei. »Führt sie ab!«, befahl er.

Die steinernen Giganten packten Tibor und Wolff, stießen sie vor sich her und führten sie aus dem Raum in einen schmalen, fensterlosen Gang.

Ein sonderbares Gefühl machte sich in

Tibor breit, als er vor dem gewaltigen steinernen Mann die Treppe zum Hof hinunterstolperte. Er wusste, dass er in wenigen Minuten sterben würde, aber der Gedanke erschien ihm noch immer irreal, beinahe lächerlich. Der Tod, das war für ihn bisher immer etwas gewesen, das immer nur den anderen zustieß. Selbst jetzt, wo ihn wahrscheinlich nur noch Augenblicke vom Beil des Scharfrichters trennten, kam ihm der Gedanke beinahe absurd vor. Er hatte überhaupt keine Angst.

Kalter Wind schlug ihnen in die Gesichter, als sie in den Hof traten. Ein Raunen ging durch die Menge, als sie auf das hölzerne Podest zugingen, das am anderen Ende des Hofes aufgebaut worden war. Es sah fast wie die Bühne aus, auf der Wirbe seine Kunststücke aufgeführt hatte, nur dass es viel größer war und von einer vierfachen Reihe waffenstarrender Soldaten umgeben wurde. Auf dem Podest stand ein Mann mit einer gewaltigen zweischneidigen Axt in den Händen und einer schwarzen Henkerskappe auf dem Kopf. Tibor hatte noch immer keine Angst. Das Einzige, was er spürte, war die klirrende Kälte.

Die Steinkrieger führten Wolff und ihn die schmale Treppe zum Podest hinauf und traten hinter sie, als sie die Mitte der Bühne erreicht hatten. Tibor blieb stehen und sah sich um. Das Heer, das Resnec in den letzten Wochen und Monaten hier zusammengezogen hatte, um seinen Angriff vorzubereiten, war gewaltig. Er schätzte, dass mehr als tausend Menschen auf dem Hof versammelt waren: Männer und Frauen, aber auch Halbwüchsige, Jungen und Mädchen in seinem Alter und darunter. Tibor wusste, dass keiner von ihnen freiwillig hier war, aber er wusste auch, dass sie trotzdem für Resnec kämpfen und – sollte es nötig sein – sterben würden. Er hatte lange gebraucht, bis er begriffen hatte, was Resnecs wahre Macht war. Das, was er gesehen hatte – die Steinkrieger, der Flammenzauber und seine unheimliche Gewalt über den weißen Riesenwolf und

seine Meute –, war nichts als ein paar Taschenspielertricks, verglichen mit der Gewalt, die der Magier über Menschen hatte. Es war eine schleichende, unsichtbare Macht und gerade das war es, was sie so gefährlich machte. Niemand vermochte sich dem Willen des Magiers auf Dauer zu entziehen. Auch er würde ihm erliegen, wenn er länger in Resnecs Nähe blieb, das wusste er.

Ein unruhiges Murren erhob sich in der Menge, und als Tibor den Blick zur anderen Seite wandte, erkannte er Resnec, der – flankiert von zwei weiteren grauen Steinkriegern – nun auch aus dem Haus getreten war und gemessenen Schrittes auf das Podest zuging. Lycan trottete wie ein Schoßhund neben ihm her. Das Murren und Raunen der Menge schwoll an, während sich der Magier dem Hinrichtungsplatz näherte, und brach abrupt ab, als er die Tribüne erreichte. Reglos, als wäre er plötzlich selbst zu Fels erstarrt, stand Resnec mit hoch erhobenen Armen zwischen den vier steinernen Riesen und wartete, bis auch der letzte Laut verstummt war. Dann begann er zu sprechen, mit leiser, aber so durchdringender Stimme, dass seine Worte überall auf dem Hof deutlich zu vernehmen sein mussten.

»Volk von Riddermargh«, sagte er. »Ich habe euch heute hierher befohlen, um euch zu zeigen, was mit denen geschieht, die es wagen, sich gegen meine Macht aufzulehnen. Diese beiden hier –« Er deutete mit einer übertrieben theatralischen Geste auf Tibor und Wolff. »– haben es gewagt, die Hand gegen mich zu erheben und meine Macht anzuzweifeln. Lasst euch ihr Schicksal eine Warnung sein.« Er drehte sich herum und sah den Mann mit der Henkermaske auffordernd an.

»Scharfrichter, tue dein Werk!«

Der Maskierte nickte. Der Steinriese hinter Wolff ergriff den jungen Ritter bei der Schulter, stieß ihn grob zu Boden und zwang ihn den Kopf über den Hackklotz zu legen.

Eine eisige Hand schien sich um Tibors Herz zu legen und es ganz langsam zusammenzudrücken. Er hatte immer noch keine Angst, nicht um sich. Aber die Vorstellung, Wolff so vollkommen sinnlos sterben zu sehen, trieb ihn schier in den Wahnsinn.

Verzweifelt wandte er sich an Resnec. »Tu es nicht!«, keuchte er. »Ich ... tue alles, was du willst, aber lass ihn leben!«

Aber Resnec lachte nur kalt. »Zu spät, mein närrischer kleiner Freund«, sagte er böse. »Du hast deine Chance gehabt. Jetzt sterbt ihr!«

Eine Idee stieg in Tibor empor, ein Plan, der ihm im ersten Moment vollkommen aberwitzig erschien – aber vielleicht die einzige Chance war, die Wolff und er noch hatten.

»Nein!«, schrie er verzweifelt. »Tu es nicht! Dieser Mann ist Tibor von Rabenfels!«

Resnec starrte ihn überrascht an und der Ausdruck von Verwirrung in seinen Augen machte plötzlich Schrecken Platz, als er begriff, was Tibor vorhatte.

Der Henker zögerte, senkte die bereits hoch erhobene Axt wieder und blickte verwirrt von Resnec zu dem hilflos vor ihm Knienden. Auf dem zerschlissenen Kleid des Ritters war trotz der Brand- und Schmutzspuren noch deutlich der schwarze Rabe zu erkennen.

»Das ist Tibor von Rabenfels!«, schrie Tibor nochmals in die Menschenmenge hinab. »Euer rechtmäßiger Herr!«

Nach einer endlos erscheinenden Zeit des Schweigens nahm irgendwo unten in der Menge eine Stimme den Ruf auf: »Tibor von Rabenfels! Unser Herr!«

Resnec fuhr herum und hob drohend die Faust. Seine Augen funkelten.

»Schweigt!«, befahl er scharf.

Aber Tibor schwieg nicht, sondern er fuhr im Gegenteil lauter werdend fort: »Tibor von Rabenfels, der Sohn Hektors von Rabenfels. Lasst ihr es zu, dass er vor euren Augen ermordet wird?«

Eine plötzliche Unruhe ging durch die Menge. Überall wurden nun murrende Stimmen laut, Fäuste wurden geschüttelt.

»Schweigt!«, brüllte Resnec. »Es ist nicht wahr! Dieser Mann ist ein Betrüger! Er ist nicht Tibor von Rabenfels! Schweigt! Ich befehle euch zu schweigen, oder ihr liegt gleich neben ihm!« Er fuhr herum. »Scharfrichter! Worauf wartest du?«

Aber der Mann mit der schwarzen Henkersmaske zögerte noch immer. Tibor sah, wie es in ihm arbeitete.

»Lass ihn gehen, Resnec!«, brüllte eine Stimme aus der Menge. »Er ist unser rechtmäßiger Herr. Tibor! Tibor von Rabenfels! Tibor!«

Und plötzlich fielen immer mehr und mehr Stimmen in den Ruf ein, bis der Hof unter einem dröhnenden, an- und abschwellenden Chor zu erbeben schien, der immer wieder Tibors Namen rief.

»Wachen!«, brüllte Resnec mit überschnappender Stimme. »Packt diesen Kerl. Ergreift ihn! Ich will seinen Kopf!«

Ein halbes Dutzend Krieger löste sich auch tatsächlich aus der Reihe, die das Podest umgab, und versuchte sich einen Weg zu Tibor zu bahnen. Auch zwei von Lycans schwarzen Riesenwölfen schlossen sich ihnen an. Die Menschenmenge machte nur unwillig Platz und schloss die entstandene Gasse sofort wieder. Plötzlich gellten Schreie auf. Tibor sah ein Schwert kurz aufblitzen und einen der Bewaffneten zusammenbrechen. Gleichzeitig stieß einer der Wölfe ein klagendes Heulen aus.

Alles ging nun so schnell, dass Tibor kaum sah, was passierte. Die Menge schien den kleinen Trupp Soldaten und die beiden Tiere einfach aufzusaugen, sie niederzuringen, ehe auch nur einer von ihnen dazu kam, sich zur Wehr zu setzen. Die Posten am Fuß des Podests zogen sich ein Stück weiter zurück und griffen nach ihren Waffen.

Resnec begann zu toben. »Verrat!«, brüllte er. »Dafür werdet ihr bezahlen! Ihr denkt, ihr könnt euch mir widersetzen?«

Er lachte und mit einem Male war seine Stimme so laut, dass sie selbst das vielhundertstimmige Geschrei der Menge übertönte. »Dann seht, was ich mit eurem rechtmäßigen Herrscher mache!«

Er fuhr herum, riss die rechte Hand in die Höhe und deutete auf Wolff und mit einem Male war in seiner Stimme wieder die zwingende Macht, die Tibor schon einmal am eigenen Leibe zu spüren bekommen hatte; ein Zwang, gegen den es keinen Widerspruch gab. »Scharfrichter! Töte ihn!«

Der Henker krümmte sich wie unter einem Schlag. Tibor sah, wie sich seine Muskeln spannten, als er versuchte, sich Resnecs Willen zu widersetzen. Doch vergeblich. Die Axt sauste mit ungeheurer Kraft herunter. Aber sie traf nicht Wolff, sondern den Nacken des Steinkriegers, der ihn gepackt hielt. Der Kopf wurde mit furchtbarer Wucht von den steinernen Schultern geschmettert.

Resnec brüllte vor Wut auf, aber sein

Schrei ging in dem triumphierenden Aufschrei aus Hunderten und Aberhunderten von Kehlen unter, der die Burg erzittern ließ. Von einer Sekunde auf die andere verwandelte sich der achteckige Innenhof in einen tobenden Hexenkessel. Plötzlich blitzten überall Waffen auf. Die Menge wälzte sich auf die Tribüne zu und begrub Resnecs Wächter unter sich, so schnell, dass kaum einer von ihnen auch nur die Zeit fand, seine Waffen zu heben.

Resnec riss die Arme in die Höhe und rief ein einziges Wort, das Tibor nicht verstand. Lycan sprang mit einem Satz neben seinen Herrn, riss den Kopf in die Höhe und stieß ein schauerliches Heulen aus und im selben Moment griffen auch die anderen Wölfe in den Kampf ein. Es waren nicht viele – nicht viel mehr als ein Dutzend –, aber es waren wütende Bestien, die zu allem fähig waren. Binnen einem Augenblick wandelte sich das Bild vollkommen. Die Menge, die gerade noch Resnecs Krieger vor sich hergetrieben hatte und gegen das Podest angestürmt war, wich nun mit einem vielstimmigen Schreckensruf zurück. Schmerzensschreie mischten sich dazwischen, als sich die Wölfe auf die Krieger stürzten.

Endlich überwand auch Tibor seinen Schrecken. Mit einer Bewegung, die selbst für den Steinkrieger hinter ihm zu schnell war, ließ er sich fallen, rollte sich aus seiner Reichweite und sprang wieder auf die Füße. Nach vier, fünf Schritten erreichte er den Holzklotz, auf dem Wolff lag. Der junge Ritter mühte sich verzweifelt, unter dem reglosen Körper des Steinkriegers hervorzukommen, der über ihm zusammengebrochen war, aber das Gewicht des grauen Kolosses hielt ihn am Boden. Tibor bückte sich, zerrte mit aller Macht an den mächtigen steinernen Schultern und wuchtete die zentnerschwere Last zur Seite. Keuchend sprang Wolff auf die Füße.

Keine Sekunde zu früh. Tibor registrierte eine Bewegung hinter sich und warf sich

– Wolff mitziehend – instinktiv zur Seite. Lycans gewaltiges Maul verfehlte sie nur knapp.

Tibor versuchte verzweifelt auf die Füße zu kommen, aber er war nicht schnell genug. Die Bestie fuhr mit einer unglaublich behänden Bewegung herum, stieß ihn mit der Pfote zurück und stieß ein triumphierendes Heulen aus. Doch der Riesenwolf führte den Angriff nicht zu Ende.

Ganz plötzlich legte sich ein dunkler Schatten über seine Gestalt, umhüllte Resnec, die Steinkrieger und die Mauern der Burg. Alles wirkte mit einem Male unwirklich und bleich, wie auf dünnes Pergament gemalte Bilder, durch die das Licht schien. Eine unheimliche, nicht fassbare Kälte hüllte alles ein.

Tibor überlegte in diesem Augenblick nicht mehr, sondern gehorchte blind der lautlosen Stimme, die plötzlich in ihm war und ihm Dinge zuflüsterte, die er schon immer gewusst hatte, ohne sich jemals daran erinnert zu haben.

Mit einem einzigen Schritt trat er in die Schatten hinein.

Als sich die grauen Schleier vor seinem Blick gelichtet hatten, befand er sich am anderen Ende des Podestes, zehn Schritte von Resnec und dem weißen Wolf entfernt. In Resnecs Augen loderte blankes Entsetzen und Lycans Knurren wirkte mit einem Male eher ängstlich als drohend.

Tibor bückte sich nach einem Schwert und stürzte auf den Wolf zu.

Man sah nur ein kurzes Aufblitzen des Schwertes und wie die Hinterläufe des Riesenwolfes zuckten und schließlich einknickten. Tibor hatte Lycan so schnell sein Schwert in die Brust gerammt, dass dieser, ohne noch einen Laut von sich geben zu können, zusammenbrach.

Als Tibor sich umsah, hatte sich die Situation auf dem Burghof erneut verändert. Im selben Moment, in dem Lycan fiel, waren die Wölfe wieder zu dem geworden, was sie von Natur aus waren – zu ganz normalen Tieren. Reißenden Bestien zwar, aber trotzdem Tieren, die nicht länger von der dunklen Magie und Mordlust ihres Herrn beseelt waren.

Von überall her stürmten nun bewaffnete Soldaten auf den Hof. Aber die Menge war ihnen an Zahl und Entschlossenheit überlegen, und was ihnen an Waffen fehlte, machten sie mit dem Zorn eines Volkes, das jahrelang geknechtet und gedemütigt worden war, wieder wett. Resnecs Soldaten wurden zurückgedrängt, wo immer sie sich zeigten. Es gab keinen Zweifel mehr am Ausgang des Kampfes.

»Tibor! Resnec entkommt!«

Tibor fuhr herum, als er Wolffs Stimme hörte. Mit einem wütenden Schrei riss er sein Schwert empor und sprang an Wolffs Seite.

Resnec hatte aufgehört, seinen Soldaten Befehle zuzuschreien, und war an den gegenüberliegenden Rand der Plattform zurückgewichen. Die vier Steinriesen, die von seiner unheimlichen Leibgarde geblieben waren, umgaben ihn wie einen lebenden Schutzwall. In Resnecs Händen blitzte ein gewaltiges, zweischneidiges Schwert. Doch der Ausdruck in seinen Augen war eindeutig Angst.

Tibor wollte mit einem Satz über den toten Dämonenwolf hinweg auf ihn zuspringen, aber Wolff hielt ihn mit einer raschen Bewegung zurück und schüttelte den Kopf. »Nicht«, rief er warnend. »Er ist noch immer gefährlich.«

Wolff straffte sich, ergriff das Henkerbeil mit beiden Händen und trat einen Schritt auf Resnec zu. Einer der Steinkrieger hob drohend sein Schwert und in Resnecs Augen blitzte es hasserfüllt auf, als er an Wolff vorbei in Tibors Augen blickte.

»Du!«, keuchte er. »Das ist alles dein Werk! Doch freu dich nicht zu früh! Du hast noch nicht gewonnen, Tibor von Rabenfels.«

»Aber du hast verloren«, antwortete Wolff leise. »Du hast den Bogen überspannt, Resnec. Man kann ein Volk knechten und man kann es demütigen und bluten lassen. Aber man darf es nicht auch noch verhöhnen, Resnec. Du hast es übertrieben.«

Resnecs Blick irrte zwischen Wolff und Tibor hin und her. »Dafür werdet ihr bezahlen«, flüsterte er. »Ich schwöre es euch. Wir sehen uns wieder. Und dann werden die Karten anders verteilt sein.«

Und dann geschah etwas Unerwartetes und Unheimliches. Resnecs Körper begann zu verblassen. Seine Gestalt flimmerte wie ein Trugbild über heißem Sand. Für einen Moment glaubte Wolff sogar die Umrisse des Hauses durch seinen Körper hindurch erkennen zu können, dann verschwammen die Konturen vollends. Resnec, der Magier, war verschwunden.

Im selben Moment erstarrten die steinernen Krieger wieder zu dem, was sie gewesen waren, ehe Resnec ihnen ihr unseliges Leben eingehaucht hatte: Stein. Tote, reglose Materie.

Tibor starrte mit ungläubig aufgerissenen Augen auf dic Stelle, an der Resnec eben noch gestanden hatte. Zitternd wandte er sich zu Wolff um. »Mein Gott, was ... was ist geschehen?«, keuchte er.

»Er ist fort«, murmelte Wolff. Seine Stimme bebte. »Es ist vorbei, Tibor.«

Plötzlich lächelte er – wenn auch sonderbar verkrampft und mühsam, als koste es ihn unglaubliche Mühe, weiter die Fassung zu bewahren, wandte sich um und deutete auf den Hof hinab.

Es war, wie er gesagt hatte.

Die Wölfe waren tot und Resnecs Soldaten waren geschlagen. Hier und da wurde zwar noch gekämpft, aber die meisten Krieger waren klug genug gewesen, die Sinnlosigkeit ihres Widerstandes einzusehen, und hatten sich ergeben. Selbst die, die sich noch immer wehrten, würden in wenigen Augenblicken besiegt sein.

Seltsamerweise ließ Tibor der Gedanke, dass sie das Unmögliche vollbracht und den Zauberer besiegt hatten, vollkommen kalt. Vielleicht, weil es ein zu teuer erkaufter Sieg war. Er wusste nicht, wie viele

Männer und auch Frauen dort unten ihr Leben gelassen hatten – in jedem Fall waren es zu viele.

»Wir ... müssen ihnen sagen, wer du wirklich bist«, sagte Wolff leise. »Ich habe mich lange genug mit einem fremden Namen geschmückt.« Er wollte sich umdrehen und seine Worte unverzüglich in die Tat umsetzen, aber Tibor hielt ihn mit einem raschen Griff zurück.

»Nicht«, sagte er. »Wenigstens jetzt noch nicht.«

»Aber sie haben es gesehen«, widersprach Wolff. »Du bist durch die Schatten gegangen, Tibor. Jeder hier weiß, was das bedeutet.«

Tibor fröstelte etwas. Die Erinnerung an den kurzen Moment, in dem er in der Welt zwischen den Wirklichkeiten gewesen war, ließ einen eisigen Schauer in ihm hochsteigen. Mühsam schüttelte er den Kopf.

»Noch nicht, Wolff. Ich ... brauche einfach noch Zeit.«

Wolff blickte ihn nachdenklich an, aber

dann nickte er bloß, warf das mächtige Henkersbeil zu Boden und sah auf den Hof hinab.

»Wir haben gewonnen, Tibor«, sagte er, fast, als müsse er sich selbst noch einmal davon überzeugen, dass es auch wirklich so war. »Der weiße Ritter ist zurückgekehrt. Riddermargh gehört wieder dir.«

Aber Tibor schüttelte den Kopf. »Nicht mir«, sagte er. »Seinen Bewohnern!«

Wolff wollte widersprechen, aber Tibor ließ ihn nicht zu Wort kommen, sondern fuhr mit fester Stimme fort: »Ich bin nicht ihr König, Wolff. Vielleicht bin ich wirklich König Hektors Sohn und vielleicht bin ich wirklich der, für den du mich hältst – der weiße Ritter. Aber das ändert nichts. Nicht für mich.« Er lächelte. Er hatte sich jedes Wort, das er jetzt sprach, sehr genau überlegt. »Das hier ist nicht meine Welt, Wolff. Ich glaube nicht, dass ich hier leben könnte, so wenig wie du bei uns.«

»Aber es ist deine Heimat«, widersprach Wolff.

»Heimat?« Tibor dachte einen Moment über das Wort nach, aber dann schüttelte er erneut den Kopf. »Nein, Wolff. Ich bin vielleicht hier geboren, aber das ist auch alles. Ich könnte hier nicht leben, nicht einmal als König.«

Für kurze Zeit starrte Wolff an ihm vorbei ins Leere, und auch Tibor sah wieder auf den Hof hinunter, auf dem jetzt Ruhe eingekehrt war. Die Menschen schauten neugierig und gespannt zu ihnen empor. Irgendwo in der quirlenden Menge mussten auch Wirbe, Gnide und die anderen sein.

»Was wirst du tun?«, fragte Wolff schließlich. »Gehst du zu den Gauklern zurück?«

Tibor antwortete nicht sofort. Er hatte noch nicht über die Frage nachgedacht. Nach einer Weile nickte er. »Das muss ich wohl. Wohin sollte ich sonst gehen? Ich gehöre zu ihnen, weißt du. Ich habe doch sonst niemanden.« »Du hast eine ganze Welt«, erwiderte Wolff, aber er sah ihn dabei nicht an. Als Tibor darauf nicht antwortete, wandte sich Wolff mit einem Ruck ab. Seine Stimme klang jetzt verändert.

»Trotzdem ist keine Zeit zu verlieren«, sagte er. »Resnecs Drohung war ernst gemeint – er wird zurückkommen. Wir müssen weg. Das Weltentor ist geschlossen, jetzt, wo er nicht mehr da ist. Ich fürchte, es gibt nur noch einen Weg, wie all diese Leute dorthin zurückkehren können, wo sie herkamen. Du kannst durch die Schatten gehen, du musst sie von hier fortführen.«

Tibor nickte und Wolff wandte sich ab, um zu gehen. Aber Tibor rief ihn noch einmal zurück.

»Warte«, sagte er. »Es gibt doch noch etwas, das ich tun kann.«

Wolff drehte sich langsam zu ihm um. In seinen Augen schimmerte es feucht. »Ja?«, fragte er gepresst.

Tibor lächelte, hob die Hand und berührte das Kettenhemd, das Wolff unter dem zerschlissenen Wams trug. »Das sind die Kleider eines Ritters«, sagte er.

»Aber ich bin keiner«, erwiderte Wolff ernst.

»Das stimmt.« Tibor atmete hörbar ein. »Aber ich bin König Hektors Sohn«, sagte er schließlich. »Und jetzt, wo Resnec verjagt ist, bin ich der legitime Herrscher dieser Burg und dieses Landes. Wenn auch vielleicht nur für ein paar Augenblicke. Ich habe das Recht, jeden in den Ritterstand zu erheben, der sich um mein Volk verdient gemacht hat«, sagte er. Plötzlich lächelte er wieder und zupfte noch einmal an dem dünnen Kettengeflecht um Wolffs Schultern. »Hättest du nicht Lust, diese Kleider zu Recht zu tragen, Wolff von Rabenfels?«

»Wolff von Rabenfels?«, fragte Wolff. »Du ... du meinst ... du ...« Er begann zu stammeln und sah einen Moment hilflos zu Boden.

»Ich meine genau das, was ich gesagt habe«, sagte Tibor ernst. Und dann fügte er mit einem Lächeln hinzu: »Schließlich hast du den Namen lange genug getragen. Es macht keinen großen Unterschied mehr. Und schließlich wirst du hier in Riddermargh bleiben, im Land und auf der Burg derer von Rabenfels.«

Wolff rang sichtlich nach Worten, aber alles, was er zustande brachte, war ein kaum merkliches Nicken.

»Danke«, flüsterte er schließlich. »Wir werden uns wieder sehen, Tibor, das verspreche ich.« Er trat auf Tibor zu, schloss ihn kurz und heftig in die Arme und wandte sich dann mit einem Ruck ab. »Und jetzt geh zu deinen Leuten, Tibor«, sagte er leise. »Bring sie nach Hause.«

Ja, dachte Tibor. Das würde er tun. Und danach ...

Nun, die Welt war groß genug, vor allem für einen Ritter, der noch ein ganzes Leben vor sich hatte, um Abenteuer zu bestehen. Und wenn sie eines Tages nicht mehr groß genug sein würde ... Tibor lächelte still in sich hinein.

Es gab mehr als nur eine Welt. Viel mehr ...